어른을 위한 성경동화

혼자서
뜰을 거니시는
하느님

혼자서 뜰을 거니시는 하느님

2021년 9월 1일 교회인가
2021년 10월 11일 초판 1쇄 발행

글·그림 | 방영미
편집 | 이만옥
디자인 | 달바다 Design studio
펴낸이 | 이문수
펴낸곳 | 바오출판사

등록 | 2004년 1월 9일 제313-2004-000004호
주소 | 서울시 마포구 신수동 448-6 한국출판콘텐츠센터 422-7호
전화 | 02)323-0518 / 문서전송 02)323-0590
전자우편 | baobooks@naver.com

ISBN 978-89-91428-33-1 03810

혼자서
뜰을 거니시는
하느님

한국가톨릭문화연구원 ❷

어른을 위한
성경동화

방영미 글·그림

바오

사회 변화는 보통 내부에서 시작됩니다. 내부에서 축적된 변화의 욕구들로 더 이상 견디기 힘들 때 외부로 표출됩니다. 그리고 외부로 나타난 변화는 저항을 통해 순화되고 조정되어 사회의 제도로서 자리 잡는 것이 일반적입니다. 그러나 꼭 그렇게 진행되는 것만은 아닙니다. 가끔은 변화를 희망하지만 그 욕구가 무르익기도 전에 피해갈 수 없는 외적 환경이 사회의 변화를 이끌어내기도 합니다. 오늘날 전 세계에서 휘몰아치고 있는 코로나 팬데믹이 바로 이러한 사례입니다.

팬데믹 시대, 곧 급격한 변화의 시대에는 '뉴노멀'이라는 새로운 문화와 기준이 형성될 때까지 많은 어려움이 따르기 마련입니다. 그러나 사회 전체를 조망하는 입장에서 보면 모든 변화는 문화로 귀결된다고 할 수 있습니다.

1985년 8월 김수환 추기경님의 후원으로 설립된 '한국 가톨릭문화연구원'에서는 이 변화의 방향을 가늠해보고자 2020년 평화방송과 공동으로 〈팬데믹과 한국 가톨릭교회〉라는 주제로 심포지엄을 개최한 바 있습니다. 팬데믹 시대, 그리고 팬데믹 이후post-Pandemic 시대에 교회 역시 급격한 문화 변동을 체험하며 새로운 선교와 사목 패러다임의 필요성에 많이 공감하고 있습니다. 그러므로 정치, 경제, 문화, 사회 등 우리 삶의 모든 분야에서 일어나는 시대적 징표를 제대로 읽어내야 합니다. 우선적으로 이 작업은 교회의 여러 입장에서 시대적 징표를 살펴보고 하느님의 뜻을 찾아내는 일이 선행되어야 합니다. 그리고 이 시대에 그분의 뜻을 실현하기 위한 적합한 신앙 실천의 방법론은 '새로운 복음화'와 '새로운 사목'의 실천이라고 생각합니다. 급격한 문화변동의 시대에 보다 구체적인 '새로운 복음화'는 '문화의 복음화'이고, '새로운 사목'은 '문화사목'이라 하겠습니다.

앞으로 '한국가톨릭문화연구원'은 성경, 신학, 철학, 윤리, 영성, 교회사 등 다양한 교회적 시각으로 사회 이슈를 해석하고 분석하여 신앙생활에 도움이 되고자 합니다. 물론 시중에 신앙생활에 도움이 되는 교회서적이 출판되고 있지만 대부분

영성 관련 서적일 뿐 급변하는 일상 문화 안에서 생활하는 신앙인들에게 각각의 문화사회적 현상에 대해 신학적·윤리적 반성과 의미를 제공하는 서적은 매우 드뭅니다. 교회 정신에 입각한 성찰과 반성이 존재할 때 비로소 신앙 실천이 구체화될 수 있습니다. 따라서 '한국가톨릭문화연구원'은 여러 신학자와 윤리신학자, 철학자와 사회학자, 때에 따라서는 인문학자들에게 의뢰하여 소책자 시리즈를 간행할 예정입니다.

누구나 어려움에 처했을 때는 자신의 정체성에 대해 생각하기 마련입니다. 곧 가톨릭 신자, 혹은 이 시대를 살아가는 사람으로서 나는 누구인가 하는 점입니다. 이 시리즈가 여러분에게 신앙과 사회를 다시 생각해볼 수 있는 좋은 기회가 되었으면 좋겠습니다.

2021년 7월
청숫골에서
김민수 이냐시오 신부

저는 제가 좀 괜찮은 사람인 줄 알았어요. 한 줄기 바람에 가슴이 설레고 햇살에 반짝이는 나뭇잎을 사랑하며, 그렇게 살금살금 살다가 어느 날 문득 소리 없이 사라지길 바랐죠. 누군가 나에 대해 추억한다면 갓 구운 빵 냄새처럼 순간적인 좋은 기억만 남기고요.

그런데 저는 너무 길게 살더라고요. 썩 내세울 것도 없이 목숨만 와이어처럼 튼튼해서 산전수전에 공중전까지 다 겪고만 어리석은 어른으로, 속으로 젠장! 젠장!을 연발하며 불발된 로또를 찢어버리고, 대체 왜 난 살면 살수록 어떻게 살아야 하는지 모르겠는 거야? 그렇게 자주 절망하는 몹쓸 어른으로, 하루하루 낡아가고 있습니다.

그래서 동화를 애착하는지도 모르겠습니다. 10년 전 동화작가로 등단해놓고 변변히 활동도 못 했지만, 그래도 좋은 동화를 쓰고 싶다는 생각은 늘 하고 있었어요. 가혹한 현실에서 벗어나고 싶을 때도 동화를 생각했고, 잔인한 현실에 눈뜨고 싶을 때도 동화를 생각했어요. 제가 도피형이라서 그런지 현실이 먹먹하고 암담할 때마다 동화는 위안처가 되어 주더라고요.

그러던 차에 한가문연 시리즈 기획회의에서 저는 제가 평소 쓰고 싶었던 성경 동화를 제안했고요, 연구원 여러분들의 지지를 받아 실행에 옮길 기회를 가졌습니다. 묵시록 연구자로 성서를 공부하다 보면 신약보다 구약에 더 많은 관심을 쏟게 돼요. 그래서 구약의 인물과 사건 중 서른 편을 뽑아 동화로 엮었습니다.

부제가 '어른을 위한 성경동화'인 것은 우리 어른이야말로 동화의 세계가 필요하다고 생각해서예요. 세월에 굽은 등을 곧게 펴고 서로의 어깨를 토닥이며, 잊고 있었던 자신을 찾아 어린아이 때처럼 기쁘고 즐거워했음 좋겠어요.

성경은 결코 어마어마하게 거룩한 사람들의 이야기가 아니에요. 어리석고 무지하고 탐욕스럽고, 그래서 꼼꼼하게도 거르는 법 없이 번번이 실수하는 그런 어른들의 이야기죠.

태초부터 불량스러운 인간들이 엉성하게 모여서 만든 미숙한 세계, 그래서 하느님 없이는 버티기 힘든 이상하고 신비스러운 세계, 저는 그런 성서의 이야기를 동화로 옮겨 담았습니다. 더 많은 사람이 더 쉽고 더 재미있게 이 성서의 세계를 알았으면 좋겠다는 마음에서요.

삶이 나만 고된 것도 아니고 인생이 나만 꼬인 것도 아니란 걸 뻔히 알면서도 자꾸만 깜박깜박 잊고 삽니다. 그럴 때면 이 책의 주인공들을 떠올려보세요. 얘야, 너만 허술하고 너만 나약하고 너만 억울한 거 아니란다, 우리도 그랬단다, 그래도 다 어찌어찌 살아가더라, 그게 은혜고 축복 아닐까? 그런 소리가 책장의 행간 사이사이로 들려올 것입니다.

2021년 9월
방영미 데레사

차례

1부

에녹을 좋아하신
하느님

에녹을 좋아하신
하느님

1

에녹을 좋아하신 하느님

•

하느님은 심심해

"에녹아, 어디 있느냐?"

하느님은 에녹이 좋았습니다. 그래서 날마다 에녹을 찾으십니다.

"에녹아, 너는 나를 먼저 찾지 않는구나."

하느님은 에녹에게 서운한 마음을 전합니다.

"주님, 저는 해가 지기 전에 양떼를 몰고 집으로 돌아가야 해요."

에녹은 장남이라 집안에서 가장 중요한 일을 했습니다.

"그렇지, 너는 양떼를 돌봐야지. 내가 좀 도와주련?"

하느님은 에녹의 일을 도와주고 나서 에녹과 시간을 보내고 싶었어요.

"주님, 저는 돌봐야 할 동생들이 많습니다. 집에 가면 동생들과 놀아줘야 해요."

에녹은 성실하고 부모님 말씀도 잘 듣는 장남이었어요. 에녹의 아버지인 예렛은 162세에 에녹을 낳았습니다. 늦게 얻은 첫아들인 만큼 예렛과 그의 아내는 에녹에게 온갖 정성을 쏟아 키웠습니다. 에녹 역시 부모님께 받은 사랑만큼 착한 아이로 자랐고요. 하느님은 가정적인 에녹을 더 이상 붙잡을 수 없었습니다.

"에녹아, 오늘은 시간이 되느냐?"

하느님은 에녹과 단둘이 시간을 보내고 싶었습니다.

"주님, 오늘은 어머니의 해산일이라 일찍 들어가 봐야 해요."

예렛은 에녹을 162세에 낳은 뒤에도 800년을 더 살면서 아들딸들을 많이 낳습니다. 하느님은 이대로 두면 에녹이 돌봐야 할 동생들이 너무 많아질 것이 걱정됐어요.

"얘야, 너도 장가를 가는 것이 어떠니? 네가 가정을 이루면 덜 바빠질 텐데."

하느님은 가족이 많은 예렛의 가정에서 에녹이 일찍 독립

하면 어떨까 생각했죠.

"네, 주님의 뜻대로 일찍 결혼할게요. 그래도 바로 아래 동생들이 자립할 때까진 기다려주세요."

에녹의 갸륵한 부탁에 하느님은 양보해서 65세에 에녹이 므투셀라를 낳도록 허락하셨습니다. 아내도 있고 아들도 생겼으니 이제 에녹이 좀 여유가 생겼을까요? 하느님은 아들을 안고 있는 에녹에게 다가오셨어요.

"에녹아, 므투셀라를 재우고 나면 나와 시간을 보내주겠느냐?"

"주님, 므투셀라를 재우고 나면 내일 아침 식사에 쓸 고기를 손질하고, 뜨거운 물을 끓일 땔감도 준비해두어야 해요. 아내가 해산한 지 얼마 안 되어 제가 아내를 돌봐야 합니다."

에녹은 변함없이 성실했고 자신의 가족에게 최선을 다했습니다. 하느님은 너무 착한 에녹을 방해할 수 없었어요. 날마다 에녹을 따라다니는 것으로 만족해야 했습니다.

"얘야, 너는 언제 시간이 나느냐?"

하느님은 오늘도 에녹과 시간을 보내고 싶었어요.

"주님, 제가 므투셀라를 낳고 이제 겨우 300년이 지났어요. 돌봐야 할 아들딸들도 많고 아직 태어날 아들딸들도 많지 않나요? 아버지 예렛이 주님의 계획대로 자손을 번성시켜 일가를 이루고 계십니다. 그런데 제가 한가하게 놀면서 지낼 수 있나요?"

에녹의 말이 틀리지 않아서 하느님은 할 말이 없었습니다. 하느님은 고민이 되었어요. 내겐 에녹이 필요한데 에녹은 너무 바쁘구나, 좋은 방법이 없을까?

"에녹아, 지금 나와 같이 내 집에 가지 않으련?"

하느님은 에녹을 자신의 집으로 데려가기로 마음먹었습니다.

"주님, 그럼 저는 여기서 죽는 건가요?"

에녹이 물었습니다.

"에녹아, 너는 죽음을 겪지 않을 것이다. 너는 죽지 않고 영원히 나와 함께할 것이다."

하느님은 에녹을 안심시켰습니다.

"그렇다면 주님의 뜻대로 하세요."

순종적인 에녹은 주님의 뜻에 따르기로 합니다. 그리고 이제 하느님은 한가로이 에녹과 영원의 시간을 보낼 수 있게 되었습니다.

에녹은 모두 삼백육십오 년을 살았다. (창세 5, 23)

에녹은 하느님과 함께 살다가 사라졌다. 하느님께서 그를 데려가신 것이다. (창세 5, 24)

같이 있고 싶으신 하느님

에녹은 아담의 7대손입니다. 그러니까 아담의 아들인 셋의 6대손인 거죠. 그런데 당시로선 매우 짧은 인생을 살았어요. 하느님께서 에녹을 너무 아껴서 일찍 데려가셨거든요.

우린 늘 바쁩니다. 너무 바빠서 하느님과 함께 보낼 시간이 없습니다. 그러나 하느님은 우리에게 많은 것을 바라지 않으십니다. 잠시 삶의 고삐를 놓고 자기 자신을 돌보는 것, 그래서 내가 괜찮은지 스스로 살펴보는 것, 그래서 나를 항상 살피십니다. 내가 나를 돌보지 않으니 내가 진짜 괜찮은지 매일매일 우리 대신 살펴보십니다.

2

가족이란 이름으로

·

카인과 아벨의 동생 셋

"셋, 오늘 일찍 집에 오렴. 아벨을 기억하는 날이구나."

하와는 아들인 아벨이 그리웠습니다. 그래서 아벨이 죽은 날을 기념하고 있었어요. 아벨이 얼마나 사랑스러운 아이였는지, 그리고 얼마나 유능한 양치기였는지 그런 얘길 하며 아벨이 좋아했던 양고기를 나눠 먹는 시간을 가졌습니다.

"엄마, 카인 형이 살아 있어요. 에덴의 동쪽 놋 땅에 산다고 해요."

셋은 하와가 카인을 보고 싶어 한다고 생각했습니다. 카인은 집을 나간 뒤 부모님과 연락을 끊고 살았습니다. 카인을 한 번도 본 적은 없지만 셋도 자기 위로 형이 두 명 있었다는 얘긴 들었거든요.

"아담은 카인을 용서하지 못해. 셋아, 네 아빠를 설득할 수 없으니 카인을 만나는 일은 어려울 것 같구나."

하와는 카인이 보고 싶기도 했지만, 카인의 욱하는 성격이 무섭기도 했어요. 게다가 아담과 카인 사이에 싸움이라도 벌어진다면 지금의 이 평화가 깨질까봐 두려웠습니다. 하와는 아벨이나 셋처럼 순하고 말 잘 듣는 아들이 편하고 좋았습니다. 카인은 농부라서 정착지가 필요할 거고요, 그러니 소문대로 놋 땅에 가면 언제든 만날 수 있을 거예요.

그러나 하와는 찾아갈 엄두가 나지 않았습니다. 카인은 아기였을 때부터 자신도 남편도 닮지 않은 거 같았어요. 자신처럼 호기심이 많고 지적이지도, 아담처럼 다정하며 자상하지도 않았거든요. 그래서 자꾸 아벨과 비교가 되었어요.

아벨은 새로운 장난감을 쥐어주면 온종일 신나서 가지고 놀았고, 음식 투정도 하는 법이 없었죠. 무엇보다도 부모가 하지 말라는 일은 전혀 하지 않던 마냥 착한 아이였어요. 어쩌다 실수할 때도 있었지만 그때마다 먼저 사과하고 용서를 빌던 더할 나위 없이 순수한 아이였는데…. 생각이 여기까지 미치자 하와는 아벨에 대한 그리움으로 가슴이 미어졌습니다. 그런 나의 아들을 내게서 앗아간 카인아, 나도 너를 용서하기 어렵구나.

하와는 카인이 어릴 때도 카인을 어려워했습니다. 평소 말이 없어서 무슨 생각을 하는지 잘 모르겠는데다가 아벨의 것을 자꾸 빼앗았습니다. 그래도 형이라고 뭐든 먼저 챙겨줬는데 대체 왜 이렇게 욕심이 많은지.

남편 아담도 그런 카인을 탐탁지 않아 했습니다. 아이답게 순진한 면도 없었고, 아벨과는 딴판으로 부모가 하지 말라는 짓만 골라 했으니까요. 거기다 거짓말, 카인은 낯빛도 변하지 않은 채 거짓말을 밥 먹듯 했어요. 대체 누굴 닮아 그런지⋯. 부모 자식 간 연을 끊고 사는 것, 그건 매우 가슴 아픈 일이지만 그렇게 된 이유는 순전히 카인에게 있다고 하와는 생각했습니다.

"셋아, 너는 네 형 아벨을 정말 많이 닮았단다."

하와는 그 점이 항상 고마웠어요. 그래서 기쁜 표정으로 셋에게 말했습니다.

"정말 다행이야, 아벨을 닮아서⋯."

아담도 하와의 말을 거들었습니다. 아담의 흐려진 말속에, 카인을 닮지 않아서 천만다행이란 문장이 숨어 있음을 하와도 셋도 알아들었습니다. 아담은 카인의 이름을 입에 담지도 않을 정도로 카인을 증오하고 있었어요.

"아벨만큼 착한 아이는 드물 거예요. 그러니 당연히 천국에 갔겠죠?"

하와는 아벨을 기억하는 날이면 꼭 이 말을 되풀이했어요.

"당연하지, 아벨 같은 아이가 천국에 못 간다면 누가 가겠어?"

에덴동산에서 쫓겨난 이후 아담은 하느님과 직접 소통을 하지 못하게 됐습니다. 이럴 때 바로 묻지 못하는 상황이 답답했지만, 아벨만큼은 하느님 곁에 있을 거라는 확신이 들었어요. 아벨이 천국에 못 가면 누가 갈 수 있는데? 그 정도로 아벨은 아담과 하와에게 믿을 만한 아들이었던 것입니다.

"셋아, 나는 네가 아벨이 못다 한 삶을 살아주면 좋겠구나."

아담이 셋을 보며 말했어요. 이 말도 아벨의 기억일마다 등장하는 말이었어요.

"그럼요, 누구 아들인데요? 그리고 셋은 형인 아벨을 **빼닮았는걸요.**"

하와는 흐뭇하게 웃으며 셋을 바라봤어요. 자신이 셋을 얼마나 깊이 사랑하는지 보여주고 싶어서 셋의 접시에 양고기를 듬뿍 덜어주었어요. 셋은 자신의 접시에 가득 담긴 양고기를 말없이 쳐다봤습니다.

다 먹을 자신 없는데…. 사실 셋은 양고기를 그다지 좋아하지 않았어요. 아벨의 뒤를 이어 양치기가 되고 싶지도 않았고요. 하지만 셋은 태어나면서부터 늘 부모님에게 아벨 형 얘기를 들으면서 자랐기에 부모님의 바람을 외면할 수 없었습니다. 그러기엔 셋이 너무 착하고 순했으니까요.

사람이 대답하였다. "당신께서 저와 함께 살라고 주신 여자가 그 나무 열매를 저에게 주기에 제가 먹었습니다."(창세 3, 12) 아담이 다시 자기 아내와 잠자리를 같이하니 그 여자가 아들을 낳고는 "카인이 아벨을 죽여 버려 하느님께서 그 대신 다른 자식 하나를 나에게 세워 주셨구나" 하면서 그 이름을 셋이라 하였다. (창세 4, 25)

| 부모 되기의 어려움

카인은 자신의 동생을 죽인 살인자입니다. 그래서 아담의 계보는 셋째 아들인 셋으로 이어지죠. 그러니까 셋은 살인자인 큰형과 혈육에게 살해당한 작은형을 둔 매우 비극적인 인물입니다.

그런데 문제적 자녀 위에는 언제나 문제적 부모가 있다고 합니다. 카인의 엄마인 하와는 귀가 얇고 즉흥적이라 유혹에 쉽게 넘어가는 성격이고, 카인의 아빠인 아담은 궁지에 몰렸을 때 남 탓을 하는 유약한 성격입니다.

카인이 순간의 화를 참지 못해 앞뒤 사정도 알아보지 않은 채 죄부터 저지른 것도, 죽은 아벨을 찾으시는 하느님께 죄를 고백하는 대신 발뺌하는 것도 따지고 보면 아담과 하와에게 이미 나타난 모습입니다.

그러나 하느님께서는 우리 인간이 자녀가 되는 일도, 형제가 되는 일도, 그리고 부모가 되는 일도 모두 처음이라 서툰 것을 이해하십니다. 그렇기에 아담과 하와에게는 셋을 비롯한 다른 자녀들을 주셨고, 카인에게는 에덴의 동쪽 놋 땅에서 살게 하셨습니다.

계획은 늘 변경되지

·

주인 사라와 몸종 하가르

아브라함의 아내 사라는 이사악이 태어나자 불안했어요. 여종인 하가르의 아들 이스마엘에게 이사악의 몫을 상속해주긴 싫었거든요. 게다가 이스마엘은 이삭보다 열네 살이나 많으니 앞으로 하가르와 이스마엘이 어린 이사악에게 어떤 해코지를 할지 알 수 없었어요. 하가르가 이스마엘을 임신했을 때도 제 분수를 잊고 유세를 떨었던 기억이 사라에겐 생생하게 남아 있었습니다.

"여보, 우리에겐 이제 이사악이 있어요. 그런데 이스마엘이 장차 우리 아들의 앞길을 막으면 어떡하죠?"

사라의 말에 아브라함은 언짢았습니다.

"하가르를 통해 후손을 보자고 한 건 당신이었소. 사라 당신에게 아이를 주신다는 하느님의 약속을 믿지 않았지. 그래 놓고 이제 와서 하가르와 이스마엘을 내쫓자는 거요?"

아브라함은 사라의 변덕에 화가 났어요.

"하느님께서 직접 약속하신 상대는 내가 아니라 아브라함 당신이었어요. 그리고 이미 내 몸은 늙었는데 어떻게 이런 몸으로 아이를 낳을 수 있을 거라 믿겠어요? 당신도 그렇게 생각해서 내 제안을 따른 거 아닌가요?"

사라의 말이 틀리진 않았습니다. 그러나 아브라함의 입장에선 이스마엘도 자기 아들인데 아직 성인도 안 된 아이를 집 밖으로 내보내긴 불안했습니다.

그런데 하느님의 생각은 달랐습니다.

"아브라함아, 사라의 말대로 해주어라. 이사악을 통해 너의 후손이 이어질 것이다. 그러나 이스마엘도 네 자식이니 그에게도 한 민족을 이루게 하겠다."

하느님의 약속을 믿고 아브라함은 하가르에게 빵과 물 한 가죽 부대를 주고는, 그녀를 이스마엘과 함께 자신의 집에서 내보냈습니다.

브에르 세바 광야는 끝도 없이 넓은데다 한낮의 태양은 말할 수 없이 뜨거웠습니다. 하가르는 모든 것이 원망스러웠습니다. 이집트인으로 태어나 우르인의 몸종으로 팔려온 것도 서러운데, 주인에게 아들을 낳아주고도 쫓겨났으니 이런 청천벽력 같은 일이 어디 있단 말입니까?

아무리 팔자가 박복하다지만 이건 정말 너무 가혹하다는 생각에 하가르는 주저앉아 목 놓아 울었습니다. 마실 물은 떨어졌고 광야에서 길도 잃었지만, 더 막막한 것은 마땅히 가야 할 곳도 앞으로 어떻게 살아야 하는지도 모르겠기에 하가르는 두려움에 몸을 떨며 서럽게 울었습니다.

평소 자신을 괴롭히던 여주인 사라는 그럴 수 있다 쳐도, 어떻게 아브라함마저 자신과 이스마엘을 이리 박대할 수 있는지 하가르는 억울한 마음에 도무지 울음을 그칠 수 없었어요. 비록 자신은 여종이라도 이스마엘은 아브라함의 장남이잖아요.

"하가르야 하가르야, 이제 그만 울려무나."

이때 하늘에서 하느님의 천사가 말했습니다.

"내가 이스마엘을 큰 민족으로 만들어주겠다."

천사는 하느님의 약속을 하가르에게 전했습니다.

"버림받은 모자가 무슨 힘으로 큰 민족을 세우나이까?"

하가르는 당장 살길이 막막한 처지였거든요.

"하가르야 하가르야, 네 힘으로 할 일이 아니란다. 너를 돌보시는 하느님께서 하실 일이란다."

천사의 대답에 하가르는 퍼뜩 그때 생각이 났어요. 하가르가 이스마엘을 임신했을 때 사라의 괴롭힘을 피해 수르로 도망가다가 주님의 천사를 만난 적이 있거든요.

"당신이 그때 그분이십니까? 저더러 여주인에게 다시 돌아가 복종하라고 하셨던….."

순간 하가르는 서러움과 억울함이 북받쳤습니다. 그래서

사라에게로 돌아가 지금껏 복종하며 살았는데 결국 내쫓기는 신세가 되었으니까요.

"하가르야 하가르야, 그때도 지금도 나는 너를 돌보는 하느님이란다."

주님의 천사가 답하자 하가르가 간청했습니다.

"주여 주여, 그렇다면 언제나 저와 이스마엘의 곁에 머물러 주십시오."

하가르는 이제 의지할 사람이 아무도 없었거든요.

"하가르야 하가르야, 약속하마. 내가 항상 너와 그 아이와 함께할 것이다."

하가르는 "내가 그분을 뵈었는데 아직도 살아 있는가?" 하면서, 자기에게 말씀하신 주님의 이름을 "당신은 '저를 돌보시는 하느님'이십니다"라고 하였다. (창세 16, 13)

하느님께서는 그 아이와 함께 계셨다. 그는 자라서 광야에 살며 활잡이가 되었다. (창세 21, 20)

하느님의 존재 방식

사라의 개입으로 하가르란 변수가 하느님의 계획에 등장합니다. 이제 하느님의 백성으로 선택받은 아브라함의 자손은 이사악과 이스마엘 양쪽에서 전개되며 확장되는 것이죠. 그래서 이슬람의 경전 꾸란에는 이스마엘을 자신들의 뿌리로 기록해놓았습니다.

이처럼 하느님의 계획은 인간들의 불신과 의지로 자꾸만 수정되고 변경됩니다. 그럼에도 하느님은 인간들에게 아무것도 강제하지 않으십니다. 언제나 자율적으로 선택하고 책임지게 하십니다. 그로 인해 하느님 자신도 상처를 입지만 이를 감당함으로써 인류와 공존하십니다. 그것이 하느님께서 우리 인간 곁에 함께 머무시는 존재 방식입니다.

4

내 손 안에 있소이다

•

이스라엘이 된 야곱

야곱은 에사우가 맏아들 권리를 갖는다는 게 불만이었습니다. 쌍둥이 사이에, 그것도 거의 동시에 태어났는데 형과 동생으로 구분하다니 공평하지 못하다는 생각이 들었어요. 그리고 에사우는 장자의 상속권에 그다지 관심이 있어 보이지도 않았거든요. 아버지 이사악의 사랑을 독차지하고 있으니 아쉬울 게 없었던 것이죠.

그러나 야곱은 어머니 레베카의 사랑만으론 부족함을 느꼈습니다. 야곱이 원하는 건 아버지의 축복이었거든요. 야곱은 자라면서 내내 힘이 세고 사냥에 뛰어난 에사우 형의 그늘에 가려져 있었습니다. 아버지는 당연히 호탕하고 대범한 에사우가 부족을 이끌 지도자감이라고 생각하셨고요.

"어머니, 저는 아버지께 인정받고 싶어요."

레베카는 야곱이 차분하고 얌전해 보이지만 누구보다도 영리하고 야망이 큰 아이란 걸 알고 있었습니다.

"야곱아, 나는 네가 원하는 삶을 살게 해주고 싶구나."

레베카가 야곱을 편애하는 것은 사실이나 두 아이 모두 자기 아들인지라 모두 행복했으면 좋겠다고 생각했습니다. 그러나 장자 상속권은 한 사람에게만 주어지는 권리입니다.

레베카는 형제간에 싸움 없이 평화롭게 후계자가 정해지길 바라는 마음에서 둘째 아들 야곱을 돕기로 했어요. 왜냐하면 에사우가 맏아들 권리를 야곱에게 팔아넘겼다는 얘기를 들었거든요. 그것도 빵과 불콩죽을 받고요.

이 정도면 야곱이 장자 상속권을 받아도 되지 않을까 하고 레베카는 생각했습니다. 그래서 이사악이 날로 쇠약해져 앞이 잘 안 보이는 점을 이용해 야곱에게 에사우인 척하고 아버지에게 장자의 축복을 대신 받으라고 시켰습니다. 이것이 두 아들 모두에게 좋은 일이라고 판단했거든요. 에사우는 자유로운 삶을 원했고, 야곱은 부족장이 되어 큰일을 하고 싶어 했으니까요.

그러나 아버지의 축복을 빼앗긴 에사우의 분노는 예상보다 훨씬 컸습니다. 그래서 야곱은 에사우의 분노를 피해 하란에 있는 외삼촌 라반의 집에서 지내게 됩니다.

야곱이 라반의 집에서 일한 지도 이십 년이 지났습니다. 그 사이 야곱은 두 명의 아내와 두 명의 여종, 열한 명의 아들과 한 명의 딸을 둔 대가족의 가장이 되어 있었어요. 야곱은 외삼촌이자 장인인 라반의 재산을 많이 늘려주었으며, 동시에 자신의 재산도 넉넉히 챙길 만큼 영리하고 용의주도한 사람이었습니다.

그렇지만 야곱의 재산이 늘어나자 라반의 아들들은 야곱을 의심하기 시작했죠. 물론 야곱도 다른 사람을 믿지 않았어요. 자신도 아버지와 형을 속인 사람인데 세상천지에 누구를 믿겠습니까?

아무리 가까운 관계라도 배신할 수 있다는 것을 항상 염두에 두고 살았기에 욕심 많은 외삼촌과 그의 아들들로부터 무사히 탈출할 수 있었습니다.

고향으로 돌아가는 길, 야곱은 형 에사우가 자신을 용서했는지 알 수 없었습니다. 그래서 두려움에 자신보다 앞서 선물을 먼저 보내기로 합니다. 형이 자신과 자신의 가족을 죽일까

걱정되었거든요.

그래서 암염소 이백 마리와 숫염소 스무 마리, 암양 이백 마리와 숫양 스무 마리, 어미 낙타 서른 마리와 거기에 딸린 새끼들, 암소 마흔 마리와 황소 열 마리, 암나귀 스무 마리와 수나귀 열 마리를 몇 무리로 나누어 종들과 같이 차례차례 보냈습니다.

풍족한 선물로 형의 마음을 풀 심산이었죠.

마지막으로 야곱은 자신의 가족들마저 보내놓고 혼자 남게 되었습니다. 불같은 성격의 형이 장정 사백 명을 거느린 채 자신을 만나러오고 있다는 얘기를 전해 들은 뒤부터 밤잠을 설쳤습니다.

이날도 잠이 오지 않아 이리저리 뒤척이는데, 갑자기 웬 낯선 이가 나타났습니다.

야곱은 첫눈에 그 낯선 이가 범상치 않은 존재임을 알아차렸어요. 그래서 그를 꽉 붙잡고는 축복을 주시기 전까진 보내주지 않겠다며 매달렸습니다. 그가 야곱의 엉덩이뼈를 차서 다치게 했는데도 야곱은 동이 틀 무렵까지 그를 놔주지 않았습니다.

"네가 이겼다. 너는 이제 야곱이 아니라 이스라엘이라 불릴 것이다.”

　이윽고 그가 야곱에게 말했어요. 그리고 야곱은 기어이 축복을 받고 나서야 자신이 엉덩이뼈 때문에 절뚝거리게 됐음을 알았습니다.

　“네가 하느님과 겨루고 사람들과 겨루어 이겼으니, 너의 이름

　은 이제 더 이상 야곱이 아니라 이스라엘이라 불릴 것이다.”

　(창세 32, 29)

하느님께서 야곱을 축복하신 이유

야곱은 성서에 나오는 인물 중 단연코 권모술수에 뛰어난 사람입니다. 야곱이란 이름도 에사우의 발꿈치를 잡고 태어났다고 해서 '발꿈치를 잡았다'란 의미죠. 그리고 이런 이름에 걸맞게 야곱은 에사우의 맏아들 권리를 빼앗고, 아버지 이사악의 축복도 가로챕니다.

그러나 하느님과도 싸워서 이겼기에 결국은 이스라엘, '하느님과 함께 이기다'란 의미의 이름을 받아 이스라엘 민족의 직계시조가 됩니다. 그의 열두 아들은 열두 부족이 되고요. 어찌 보면 참 나쁜 사람인데도 왜 하느님께선 그를 축복하신 걸까요?

적어도 야곱은 자신의 운명에 수동적으로 순응하는 인간은 아니었습니다. 쌍둥이 동생으로 태어났으나 장자의 권리를 원했고, 사랑하는 라헬을 아내로 맞기 위해 7년을 더 일했으며, 라반의 탐욕에 굴복하지 않고 자신의 가족과 재산을 지켜냈습니다. 그리고 마침내 에사우 형의 용서도 받았습니다.

이처럼 야곱은 자신의 처지를 비관해서 남 탓을 하고 세상을 원망하는 대신 하느님께서 자신에게 허락하신 머리를 쓰고 몸을 써서 온 힘을 다해 살았습니다. 그래서 야곱에겐 야곱이 원하는 만큼의 축복을, 그리고 에사우에겐 에사우가 원하는 만큼의 축복을 주신 것입니다.

5

2인자는 괴로워

·

모세의 대변인 아론

"나의 동생 모세야, 우리의 지도자여! 저 백성들은 당신처럼 심지가 단단한 사람들이 아니라오. 그러니 화만 내지 말고 그들을 달래주시오."

아론은 모세의 눈치를 살피며 조심스레 말했습니다. 모세처럼 강인한 정신력을 가진 사람은 나약하고 변덕스러운 대중을 이해하지 못합니다. 광야 생활이 시작되고 벌써 몇 번이나 모세와 백성들 간의 충돌이 있었던 터라 아론은 점점 지쳐갔습니다.

그때마다 양쪽을 설득하느라 고단한 것도 고단한 거지만, 진짜 문제는 갈수록 서로 소통이 안 된다는 것입니다. 모세는 백성들이 불평불만을 표출할 때마다 이해할 수 없다는 입장이었고, 백성들은 백성들대로 궁핍하고 불편한 광야 생활이 길어지는 것에 불안감을 느끼고 있었습니다.

"아론 형님에게도 책임이 있습니다. 일하지 않고도 매일매일 만나를 배불리 먹을 수 있으면 됐지, 고기까지 요구할 필요는 없잖아요? 우리가 지금 휴양지로 놀러가는 겁니까? 마실 물만 해도 그래요, 조용히 간청할 수도 있는 걸 꼭 아우성치며 협박하듯 요구해요? 도적 떼도 그렇게는 안 할 겁니다. 그게 노예로 고생하는 자신들을 이집트에서 구원하신 주님께 보일 태도입니까? 그런데도 형님은 이런 극악무도한 백성들 편만 들고 있죠. 자꾸 요구사항을 들어주니 점점 더 끝없이 요구하는 거 아닙니까?"

모세는 그간 하느님께서 일으키신 기적을 눈앞에서 뻔히 보고도 금방 잊어버리는 백성들이 도통 이해되지 않았습니다. 주님의 압도적인 권능을 직접 경험해놓고도 뭘 믿고 이렇게 말을 안 듣는 건지, 도대체 절대자 주님에 대한 두려움이 있기는 한 건지, 그 어리석고 무지한 행동들 때문에 답답하기 짝이 없었어요.

"그들은 우리와 다르오. 모세 당신은 주께서 직접 단련하셨고, 때가 이르자 하느님 자신을 대리하라 손수 부르셨소. 나 역시 레위인으로 주님의 부르심을 받아 그대를 도우라는 사명을 받들고 있는 거고. 하지만 백성들은 주님을 간접적으로밖에 접하지 못했소. 그러니 어떻게 우리와 같은 마음일 수 있겠소?"

아론이라고 백성들의 행동이 다 마음에 드는 것은 아니었습니다. 그러나 적어도 그들이 왜 그러는지 이해는 되었어요. 백성들 한 사람 한 사람이 모두 다 모세일 수 없고, 모두 다 아론일 수 없는 게 지극히 당연한 일 아닐까요?

아론은 백성들이 측은했습니다. 악해지기 쉬운 나약한 기질을 갖고 태어난 것이 당사자 본인의 죄는 아니지 않나 하는 생각이 들었거든요. 누군들 모세로 태어나고 싶지 않았을까, 그러나 누구는 주인공으로 누구는 엑스트라로 타고나는 게 정해진 세상 이치 아니던가, 이런 생각으로 아론은 괴로웠습니다.

모세가 시나이산에 들어간 지 사십 일이 가까워집니다. 백성들은 모세와 모세의 하느님이 자신들을 버렸다고 생각했어요. 그래서 아론에게 우르르 몰려가 자신들을 이끄실 신을 만들어달라고 졸랐어요. 그러지 않으면 당장 이집트로 돌아가겠다고 협박도 했습니다. 아니면 이 광야에서 자신들은 이대로 죽을 수밖에 없다고 통사정도 했고요.

아론은 자신이 신을 만들 수 없다는 걸 너무도 잘 알고 있었습니다. 그러나 당장 백성들을 달랠 무언가가 필요하다고 생각했어요. 그들에겐 눈에 보이는 신이 필요했거든요.

그래서 금귀고리들을 모아오게 했습니다. 아론은 이를 한데 녹여 수송아지 상을 만들었어요. 그러자 사람들이 그 금송아지를 가리켜 "이분이 우리를 이집트 땅에서 데리고 올라오신 신이시다" 하며 기뻐했습니다.

그 순간 아론은 자신이 레위 지파의 사제로서 해서는 안 될 일을 했음을 새삼 깨달았지만, 불안감에 아우성치는 백성들을 우선 안심시키는 일이 최선이라고 생각했죠. 모세가 돌아올 때까지 그들을 데리고 있어야 할 책임자로서 아론은 금송아지를 만드는 일보다 더 나은 방법을 찾지 못했습니다.

모세가 다시 말하였다. "주님께서 너희에게 저녁에는 먹을 고기를 주시고, 아침에는 배불리 먹을 빵을 주실 것이다. 주님께서는 너희가 주님께 불평하는 소리를 들으셨다. 도대체 우리가 무엇이냐? 너희는 우리가 아니라 주님께 불평한 것이다." (탈출 16, 8)

아론은 이것을 보고 그 신상 앞에 제단을 쌓은 뒤, "내일은 주님을 위한 축제를 벌입시다" 하고 선포하였다. (탈출 32, 5)

｜ '인간적'이라는 변명

아론은 인간적인 너무나 인간적인 사제였습니다. 우상 숭배가 하느님께 용서받지 못할 죄임을 모르지 않았어요. 그래서 금송아지를 보고 분노하는 모세에게 백성 탓을 합니다. 이 백성들이 악에 기울어져 있어서 어쩔 수 없었노라고.

우리 인간은 나쁜 게 뭔지 알면서도 나쁜 짓을 합니다. 나는 그러고 싶지 않았지만 다른 이들을 위해 할 수 없이 그랬다고 변명하면서. 그러나 그 '인간적'인 모습이 진짜 나의 모습인지 돌아봐야 합니다. 인간적이라는 미명하에 자신의 탐욕을 합리화시키고 있지는 않은가 하고 말이죠. 때로는 인간에 대한 지나친 이해와 동정이 자의식 과잉으로 나타나면 나와 주변을 망가뜨릴 수도 있기 때문입니다.

우리가 일상에서 편하고 쉽게 사용하는 변명, 인간이니까, 이에 대한 자신만의 기준을 가져야겠습니다. 왜냐고요? 우리는 진짜 인간이니까요.

sixth story

6

생존의 기로에서

•

라합의 선택

예리코 사람들은 흉흉한 소문에 불안한 나날을 보내고 있었습니다. 이집트에서 집단으로 탈주한 노예 민족이 예리코를 노리고 쳐들어올 것이라는 소문 때문이었어요. 예리코는 유서 깊은 오래된 도시로 이곳 정착민들은 조상 대대로 이 땅에서 뿌리를 내리고 사는 사람들이었습니다.

비옥한 토양과 마르지 않는 샘물, 온갖 열대과일로 풍족한 생활을 누렸으며, 일조량도 넉넉해서 주거지도 쾌적했어요. 이렇게 좋은 도시에서 전쟁이라니, 긴 시간 평화에 익숙해진 예리코 사람들은 어떻게 전쟁에 대비해야 할지 몰라 갈팡질팡했습니다.

라합은 외지인 출입이 잦은 예리코 성 내 입구에서 여관을 운영하며 살았습니다. 주변에 다른 도시가 없는 덕에 먼 길 가는 상인들이나 여행객들이 예리코에 들러 쉬었다 갔거든요. 그래서 예리코에는 여관들이 잘 되었습니다. 특히나 성문 바로 옆에 위치한 라합네 여관은 항상 손님으로 북적였습니다.

오늘도 라합은 손님맞이를 위해 객실 청소를 열심히 하고 있었어요. 딸랑딸랑, 여관 현관문을 열고 손님들이 들어오는 소리가 들립니다.

"어서 오세요."

라합이 명랑하게 인사라며 손님을 맞습니다.

"며칠 묵어갈 건데 방 있습니까?"

억양이 특이하고 발음이 어눌한 사내가 물었어요.

"처음 오시는 분들인가 봐요. 이층으로 안내해드릴게요."

예리코 지역의 특성상 단골손님이 많은 탓에 라합은 처음 보는 그들이 수상했지만 내색하지 않고 이층 빈 객실로 그들을 안내했습니다. 장사용 물건도 없고 짐도 변변찮고, 행색은 초라한데 눈빛은 강렬한, 이상하기 그지없는 조합에다 일행 간에 긴장감마저 느껴졌거든요.

라합은 혹시 하는 마음에 그 두 사람을 옥상과 바로 연결되는 이층 끝방에 묵도록 했어요. 그들이 누군지는 몰라도 위험할 때 도망가게 하는 편이 서로에게 위험부담이 적다는 걸 경험으로 알고 있었으니까요.

"라합 언니, 내가 저잣거리에서 들었는데 이스라엘 쪽에서 우리 예리코를 치려고 정탐꾼들을 보냈대. 혹시 우리 여관에 이상한 사람들 안 왔어?"

라합은 장을 보고 돌아온 동생의 말에 비로소 그 일행들이 누군지 눈치챘습니다. 순간 여러 생각들이 복잡하게 머릿속에 떠올랐어요. 우리 예리코인들은 전쟁 준비가 잘 되어 있지 않았습니다. 더구나 그들이 이집트에서 어떻게 탈출했는지 익히 들어 알고 있었고요.

이집트는 재앙으로 폐허가 되었고 이집트인 장자들은 죄다 죽었으며, 막강한 군대마저 이스라엘 노예들을 뒤쫓다가 바다 속에 수장됐다는 소문이 파다하게 돌았거든요. 그들을 상대로 과연 예리코가 버틸 수 있을까. 그건 가당치도 않아 보였습니다.

라합은 고민 끝에 결심을 굳힌 뒤 이층 끝방 객실로 갔습니다. 이스라엘 정탐꾼들은 급작스러운 라합의 등장에 놀라는

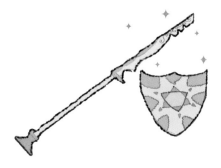

기색을 보였습니다.

"당신들이 누군지 알아요. 지금 당장 나를 따라오세요. 곧 왕이 보낸 추격대가 우리 집에 들이닥칠 거예요."

라합의 다부진 말에 두 사람은 옥상으로 피했습니다. 옥상에는 아마 줄기들이 가득 널려 있어서 일단 급한 대로 그 속에 숨었어요. 딸랑딸랑, 현관문이 거칠게 열리는 소리가 들리자 라합은 쏜살같이 내려갔습니다. 예리코 왕이 보낸 추격대였습니다.

라합은 방금 낯선 외지인들이 성문 밖으로 나갔다고 거짓말로 둘러댔어요. 그 말을 믿고 추격대가 서둘러 쫓아가 버리네요. 이스라엘 정탐꾼들은 가슴이 콩닥콩닥 뛰었습니다. 이윽고 다시 라합이 이들에게 나타났습니다. 라합은 결기에 찬 표정이었어요. 그도 그럴 것이 적을 숨겨주는 행위는 목숨을 건 행동이니까요.

"당신들의 하느님에 대한 소문을 들었어요. 이 땅을 뺏고자 한다면 그분 뜻대로 될 거예요. 그러니 오늘 제가 베푼 호의를 잊지 말고 우리 가족들을 살려주세요."

라합은 자신의 행동이 비겁하다고 생각했지만, 가족들을 승산 없는 싸움에 죽음으로 내몰고 싶지 않았습니다. 어떻게든 살아남아야겠다는 생각뿐이었습니다.

> 내 아버지와 어머니와 형제자매, 그리고 그들에게 딸린 모든 이를 살려주고 우리의 목숨을 죽음에서 구해주십시오.
>
> (여호 2, 13)

라합의 선택은 비난받아야 하는가?

라합과 그녀의 가족은 예리코 성이 멸망할 때 무사히 살아남습니다. 그래서 어떤 이들은 라합의 선택을 비난할 것입니다. 적군에게 빌붙어 목숨을 구걸하다니, 그건 너무 파렴치하고 비겁한 짓이야!

물론 그런 말을 들을 수 있습니다. 그러나 전쟁의 명분은 일개 소시민에겐 뜬구름에 불과하다는 거, 평소 권리는 없이 의무만 이행하는 백성들에게 특혜를 누리는 고위층과 동등한 의무를 요구하는 것이 타당한지 생각해볼 일입니다.

생존이 위협받는 시기를 살아낸다는 건 누구에게나 쉽지 않은 일이죠. 다만 가진 것 배운 것이 적은 사람일수록 위험 사회에선 더더욱 견디기 힘든 것도 부인하기 어렵습니다.

7

원수를 주님 손에

●

판관 기드온의 막내아들 요탐

기드온 곧 여루빠알은 미디안의 지배에서 이스라엘 사람들을 구해주었습니다. 그래서 그들은 기드온에게 자신들의 왕이 되어줄 것을 요청하였죠. 그러나 기드온은 이스라엘 백성을 다스리시는 분은 오직 주님이라며 그들의 청을 거절하였습니다. 그리고는 자신의 집으로 돌아가 평온한 일상을 보냈어요.

기드온에게는 많은 아내와 칠십 명의 아들이 있었습니다. 그의 아들들도 기드온을 닮아 가축을 돌보고 포도를 수확하며 가족들과 오순도순 살아가는 일에 행복함을 느꼈습니다. 기드온과 그의 아들들은 소소한 일상을 사랑했으며, 하루하루가 소중한 선물임을 알고 있었어요. 그렇게 사십 년 동안 기드온의 시대는 평화로웠습니다.

문제는 기드온이 죽고 나서 생겼습니다. 기드온은 고향인 오프라에서 칠십 명의 아들들과 행복한 삶을 살았는데, 사실 그에게는 스켐에 아들이 한 명 더 있었어요. 그 아들의 이름은 아비멜렉으로 그는 외지에서 여종의 아들로 태어나 아버지의 사랑을 받지 못한 채 자란 것에 대해 원망이 깊었습니다.

아비멜렉 자신도 이스라엘 백성들이 존경해 마지않는 판관 기드온의 아들이건만, 자애로운 아버지도 우애 좋은 형제들도 다 남의 이야기였죠. 그래서 아비멜렉은 때가 오기만을 기다렸습니다.

아버지 기드온의 장례를 치르고 돌아온 날, 아비멜렉은 스켐의 외숙들을 이용해 지주들에게 협상안을 제시했습니다. 여루빠알의 아들 칠십 명이 다스리는 것과 아비멜렉 한 명이 다스리는 것 중 어느 것이 낫겠냐는 질문과, 아비멜렉 자신도 스켐 사람임을 내세우는 회유가 포함된 제안이었습니다.

아비멜렉은 스켐의 지주들이 이 제안을 거절하지 못하리란 걸 예상했어요. 왜냐하면 욕심 없는 기드온에게도 왕이 되어

달라고 요청할 만큼 백성들은 강력한 힘을 가진 지도자를 원했거든요. 거기에다 같은 지역에 사는 한 뿌리란 배경을 외면하긴 힘들 거라고 생각했죠.

아비멜렉의 예상대로 스켐의 지주들은 아비멜렉에게 자금을 지원했고, 그는 그 돈으로 건달들을 사서 오프라로 갔습니다. 그곳의 한 바위에 자리 잡은 뒤 형제들이 나타나는 순간 족족 죽여버렸습니다. 형제들 각자의 집에, 아버지 기드온에 관해 할 이야기가 있으니 조용히 혼자 오라는 전언을 보냈거든요. 순진한 기드온의 아들들은 이것이 아비멜렉의 계략임을 전혀 눈치 채지 못했습니다.

반나절이 지났을까요, 기드온의 아들들이 흘린 피로 그 바위는 시뻘겋게 변했습니다. 다 죽인 거겠지? 아비멜렉은 시체로 가득한 그곳에서 승리감에 도취한 채 건달들과 같이 스켐으로 돌아왔습니다. 그리고 계획대로 순조롭게 왕이 되었어요.

그런데 막내아들 요탐이 살아 있었습니다. 요탐이 약속 장소에 거의 도착할 즈음 주변에선 피비린내가 났고, 낯선 남자들이 어슬렁대는 것이 수상해서 그 길로 바로 숲으로 들어가 숨어 있었어요. 그래서 요행히 목숨을 건졌습니다.

평소 아비멜렉의 행실이 좋지 않다는 소문은 들었지만, 그래도 설마 칠십 명이나 되는 형제들을 모두 죽일 계획을 세우다니, 아니 무엇보다도 그런 끔찍한 계획을 실행에 옮기다니. 요탐은 아비멜렉에 대한 두려움과 형제들을 한꺼번에 몽땅 잃은 비통함에 실성할 것 같았습니다.

주여, 왜 이토록 무서운 일을 허락하셨나이까?

"요탐아, 내가 너의 원한을 풀어줄 것이다."

식음을 전폐하고 앓아누운 요탐에게 이런 소리가 들렸습니다.

"아비멜렉과 스켐의 지주들을 죽여 너의 형제들이 흘린 피를 갚아줄 것이다."

꿈결 같은 그 소리에 정신을 차린 요탐은 자리를 박차고 일어났습니다. 그는 그리짐산 꼭대기로 달려가 큰소리로 외쳤습니다.

"스켐의 지주들이여, 너희는 올리브나무와 무화과나무, 포도나무처럼 훌륭한 나무들이 왕이 되기를 거절하자 가시나무를 왕으로 세웠소. 이것이 진정 그대들을 미디안의 손에서 구한 나의 아버지 여루빠알의 업적에 대한 보답이오? 이제 아비멜렉과 스켐의 지주들은 서로를 삼켜버릴 것이오."

요탐의 우화는 저주가 되어 사람들 입에 오르내렸습니다.

아비멜렉이 왕이 된 지 3년 후 스켐의 지주들은 아비멜렉의 손에 몰살당했어요. 그리고 아비멜렉은 전투 중 맷돌 위짝이 머리로 떨어져 두개골이 부서져 죽었고요. 이렇게 요탐의 저주가 그들에게 그대로 이루어졌습니다.

> 그는 오프라에 있는 아버지 집으로 가서 자기 형제들, 곧 여루빠알의 아들 일흔 명을 한 바위 위에서 살해하였다. 여루빠알의 막내아들 요탐만이 숨어 있었으므로 살아남았다.
>
> (판관 9, 5)

결핍이 가져온 참혹한 욕망

훌륭한 아버지 밑에 항상 훌륭한 아들만 있는 것은 아닙니다. 만약 아들 아비멜렉이 아버지 기드온과 함께 살면서 충분한 사랑을 받았다면 결과가 달랐을까요? 물론 비극적인 참사 앞에서 '만약'이 무슨 의미가 있겠습니까. 그렇지만 영문도 모른 채 죽어간 예순아홉 명의 형제는 죽으면서 무슨 생각이 들었을까요? 사는 동안 형제로서 교류를 나눈 적도 없는데, 갑작스럽게 죽임을 당하는 이유가 형제이기 때문이라니 얼마나 황당했을까 싶습니다. 아마도 아비멜렉의 과도한 야망은 가족애에 대한 결핍에서 나온 게 아닐까 합니다.

삼손 미안해

·

다곤 신 성전의 여사제 들릴라

"들릴라 사제님, 필리스티아 제후들이 접견실에서 기다리고 계십니다."

성전 신녀 중 한 명이 들릴라에게 와서 고합니다. 들릴라의 얼굴에 잠시 곤혹스러운 표정이 나타났다 사라집니다. 그래도 제후들을 만나러 가야 합니다. 자신의 손에 필리스티아 민족의 운명이 걸려 있으니까요.

"제후님들, 어서 오십시오."

들릴라는 공손하게 허리를 굽혀 제후들에게 인사했습니다. 제후들은 초조한 기색을 감추지 못한 채 분분하게 의견들을 나누고 있었어요.

"들릴라, 당신은 우리의 고귀하신 다곤 신을 모시는 사제 아니오. 그러니 사적인 감정은 접고 그대의 연인 삼손의 약점을 알아내시오."

성질 급한 제후가 바로 본론으로 들어갔습니다.

"삼손이 보기보다 영리해서 쉬이 함정에 걸리지 않습니다. 그가 아직 저를 완전히 신뢰하고 있지 않으니 조금만 더 시간을 주십시오."

들릴라는 자신에게 번번이 거짓말을 하는 삼손 때문에 이러지도 저러지도 못하고 있었어요. 그런데 묘한 것은 자신의 계략이 실패할 때마다 안도감도 살짝 든다는 것입니다. 이스라엘 백성에게 우직하고 충성스러운 삼손이 우리 편이었다면 얼마나 좋았을까 하는 아쉬움이 드는 것도 사실이니까요.

삼손이 자신에게 약점을 정직하게 말하는 날이 곧 죽는 날이므로 그에 대한 죄책감이 없지 않았어요.

"삼손의 힘은 우리 백성 중 당할 자가 없소. 언제까지 그의 흉포함을 견뎌야 한단 말이오?"

다른 제후가 탄식하듯 말했습니다.

"삼손은 저를 사랑합니다. 그가 제게 마음을 여는 일은 시간문제입니다."

들릴라는 삼손이 자신을 진심으로 대한다는 것을 알고 있었어요.

"들릴라 당신이 삼손의 약점만 알아낸다면 여기 모인 제후들 모두 당신에게 큰돈을 지불하겠다고 약속하겠소."

처음의 그 성질 급한 제후가 그들끼리 사전에 의논한 사항을 전했습니다.

"알겠습니다. 최대한 빨리 저의 의무를 다해 다곤 신의 영광을 드러내겠습니다."

들릴라는 한시라도 서둘러 그들을 이곳에서 내보내고 싶었어요. 자신이 다곤 신의 사제가 아니었다면 얼마나 폭력적으로 협박당했을지 불을 보듯 뻔한 일이었습니다.

삼손이 전에 만났던 팀나의 필리스티아 여성은 그곳 젊은 이들에게 삼손이 낸 수수께끼의 정답을 알아내지 못하면, 그녀와 그녀의 아버지 집안을 불태워버릴 거란 협박을 받았거든요. 적어도 들릴라에겐 누구도 강압적으로 명령하진 못합니다.

"필리스티아를 풍요롭게 돌보시는 다곤 신이시여, 당신의 딸이 간구합니다. 부디 우리의 적 삼손을 물리칠 힘과 지혜를 주시어 그들의 신보다 우리의 신이 강함을 보여주소서."

들릴라는 다른 때보다 더 열심히 제단 앞에서 기도했습니다. 바알 신의 아버지인 다곤 신의 힘이 그 어느 때보다 필요했기 때문이죠. 오늘따라 화장도 몸치장도 최선을 다해 곱고 화려하게 꾸몄습니다. 오늘은 정말 삼손과 끝장을 봐야 했습니다.

"들릴라, 이제 속이 후련하오?"

들릴라의 무릎에 누워 잠든 사이 머리털이 깎인 삼손은 힘이 빠져서 필리스티아인들에게 끌려 나가며 말했습니다. 이미 두 눈이 뽑힌 상태라 들릴라의 모습이 보이지도 않았어요.

"삼손, 당신의 신을 원망하세요."

들릴라는 냉정함을 유지하며 차갑게 내뱉었습니다. 제후들이 저마다 약속한 돈을 들고 들릴라의 침실 앞에 서 있었거든요. 그들은 삼손이 눈에 피를 흘리며 끌려가는 모습을 보면서도 이 상황이 믿기지 않는다는 표정이었어요.

주변 민족을 두려움에 떨게 했던 괴력의 사내를 저토록 초라하게 만들다니, 제후들은 들릴라를 경이롭게 쳐다봤습니다. 그들은 각자 가져간 돈을 그녀의 방에 내려놓고는 흡족한 마음으로 돌아갔습니다.

이제 다 끝났구나, 들릴라는 혼자가 되자 무너지듯 침대에 쓰러졌습니다.

필리스티아 제후들이 그 여자에게 올라가서 말하였다. "삼손을 구슬러 그의 그 큰 힘이 어디에서 나오는지, 우리가 어떻게 하면 그를 잡아 묶어서 꼼짝 못 하게 할 수 있는지 알아내어라. 그러면 우리가 저마다 너에게 은 천백 세켈씩 주겠다."

(판관 16, 5)

| 들릴라가 삼손을 배신한 이유는?

가나안 종교와 혼합된 셈계의 신 다곤은 가나안 지역의 토착민들이 전통적으로 숭배한 바알의 아버지로 알려져 있습니다. 가나안 토착민들은 비가 땅속으로 스며들어 흙과 합쳐지면 놀랍고 신비한 요소로 작용하여 각종 과실과 곡식들을 맺게 한다고 믿었어요. 또 그들은 비가 내리는 이유를 남신들과 여신들이 성적(性的)으로 결합하기 때문이라고 생각했죠.

그래서 가뭄이나 기근이 들면 신들을 자극하여 성적 결합을 하도록 유도했습니다. 즉, 바알과 다곤을 신으로 숭배하는 곳에서는 신성한 종교적 매춘행위가 성행했던 것이죠. 이를 통해 알 수 있는 사실은 가나안 사람들에게 성행위는 매우 자연스러운 일 또는 생존을 위해 필수적인 일이었다고 합니다. 따라서 성행위에서 윤리적 기준을 구하지 않았습니다.

들릴라가 신전 창녀였다는 연구가 있는데, 이를 근거로 하면 들릴라에게 요구되는 덕목은 아내의 덕성이 아니라 전사의 덕성이 됩니다. 이를 뒷받침하는 자료로 유다인 역사가 요세푸스가 『유다 고대사』에서 팀나 여인은 "한

처녀"로 들릴라는 "창기"로 기록한 것을 들 수 있습니다.

성서에는 팀나 여인도 "여자 하나", 들릴라도 "한 여자"로 표현했는데, 이는 들릴라의 신분을 감추려는 의도가 있지 않았나 의심하게 만들죠. 요컨대 팀나 여인이나 들릴라나 삼손의 이야기에서 서사 구조상 배역의 역할은 동일하나, 팀나 여인은 이름도 남지 않을 정도의 비중이고 들릴라는 본인의 이름으로 전승되는 인물이죠.

더하여 팀나 여인을 대하는 필리스티아 사람들의 태도와 들릴라를 대하는 필리스티아 제후들의 태도에서 이 둘이 신분상 차이가 있음을 추정하게 합니다. 그래서 들릴라가 다곤 신을 숭배하는 신전 창녀였다면 여사제 정도의 직급이었을 가능성이 있습니다.

그렇다면 들릴라는 자신을 신뢰하고 사랑했던 남성을 배신한 교활한 여성이라기보다는 자기 민족을 위해 헌신해야 하는 사명을 지닌 사제였다고 하겠습니다.

9

누군들 중요하지 않을까

•

창녀의 아들 판관 입타

길앗의 입타는 힘센 용사였으나 어머니가 창녀라서 집안의 인정을 받지 못했습니다. 그래서 입타는 형제들의 집에서 멀리 떨어진 곳에 살면서 건달들과 함께 생활했어요. 그러다가 암몬 자손들이 이스라엘을 공격하자 길앗의 원로들이 찾아와 이스라엘의 지휘관이 되어 암몬 자손들과 싸워달라고 요청했죠.

"거절하겠소. 나를 아버지의 집에서 쫓아낸 것은 당신들이오."

입타는 길앗의 원로들을 믿을 수 없었습니다. 암몬 자손을 물리치고 나면 언제든 다시 자신을 내쫓을 수 있는 사람들이었거든요.

"주님이 우리의 증인이시오. 입타 당신이 암몬 자손을 이 긴다면 그대를 우리의 우두머리로 모시겠소."

길앗의 원로들은 다급했습니다. 암몬 자손들의 침입으로 당장 이스라엘이 위급한데 그깟 출신성분이 뭐가 중요한가 싶었어요. 이스라엘이 사라지면 이곳 길앗에서의 삶도 사라 지고 마는 것이니까요.

이스라엘 백성에게 주님을 증인으로 세운 서약은 깰 수 없 는 것이었습니다. 입타는 지난날의 서운함을 뒤로 한 채 이스 라엘의 지휘관 자리를 수락했습니다.

입타는 자신의 위치가 달라질 전투를 앞두고 긴장과 설렘 이 동시에 그를 압도하는 것을 느꼈습니다.

'반드시 이겨야 해, 그러나 내 힘만으로 안 돼, 주님께서 도 와주셔야 해.'

입타는 초조함에 덜컥 무리한 서원을 해버립니다.

"당신께서 암몬 자손들을 제 손에 넘겨주신다면, 승전 후 집에 가는 길에 저의 집에서 가장 먼저 저를 맞으러 나오는 사람을 번제로 바치겠나이다."

이런 서원을 할 때만 해도 입타 생각엔 몸종 중 누구 한 명이 가장 먼저 문을 열고 나오겠지 싶었습니다. 신분이 귀한 사람들은 보통 뒤에 나타나는 법이거든요. 이번 전투가 입타에겐 평생의 한을 푸는 기회였어요.

어린 시절 어머니가 다르다는 이유로 자신을 박대하던 형제들에게 보란 듯이 출세한 자신을 보여주고도 싶었고, 출신 성분으로 차별하던 길앗의 원로들이 자신에게 허리를 굽히며 쩔쩔매는 모습도 보고 싶었어요. 그렇게만 되면 지난날의 울분이 싹 다 사라질 것이었습니다.

입타는 암몬 자손과의 전투에서 연일 승승장구했습니다. 입타와 이스라엘 자손들이 그들의 성읍을 순식간에 스무 개 이상 함락하자 그들은 완전히 전의를 상실해서 항복을 선언했습니다. 이제 암몬과 이스라엘 간의 영토 분쟁은 일단락된 것이었죠.

입타는 한 번도 느껴보지 못한 행복감에 몸이 떨렸습니다. 이제 자신의 인생은 완전히 뒤바뀌게 되었으니까요. 창녀의 아들이라고 손가락질 받던 과거는 잊고, 지금부턴 길앗의 지휘관이자 우두머리로 존경받는 삶을 살아가자고 다짐했습니다.

"오, 이런 맙소사! 이건 너무 가혹하구나!"

입타의 집 문을 열고 가장 먼저 입타를 맞으러 나온 사람이 자신의 하나밖에 없는 외동딸이었습니다. 아! 내가 왜 그런 서원을 했던가! 탄식하고 후회해봐야 이미 늦었습니다. 손북을 들고 춤을 추며 자신을 맞으러 나온 딸을 보면서 입타는 자기 옷을 찢으며 비탄에 빠졌습니다. 주님과의 약속을 무를

수만 있다면!

그러나 그건 불가능했어요. 입타에게 이스라엘의 승리를 주셨으니 이미 서언의 효력이 발생한 것입니다. 흥분과 환호로 축제의 도가니가 되어야 할 개선의 순간에 입타는 말할 수 없는 슬픔과 비통함에 잠겼습니다.

입타는 주님께 서원을 하였다. "당신께서 암몬 자손들을 제 손에 넘겨만 주신다면, 제가 암몬 자손들을 이기고 무사히 돌아갈 때, 저를 맞으러 제 집 문을 처음 나오는 사람은 주님의 것이 될 것입니다. 그 사람을 제가 번제물로 바치겠습니다." (판관 11, 30-31)

| 교만의 무서움

모든 일이 내 뜻대로 이루어질 때가 인생에서 가장 위험한 순간입니다. 나 자신을 세상의 주인공으로 생각한다면 타인도 그의 세상에선 주인공임을 알아야 하겠죠. 그러나 우린 너무 쉽게 타인을 엑스트라로 여기곤 합니다. 기껏해야 조연, 그것도 나를 빛내줄 배경 정도로 치부해버리죠.

세상에 소중하지 않은 사람이란 없다는 걸 입타가 알았다면, 사람을 번제로 바치겠다는 서언 따윈 하지 않았을 것입니다. 하느님께서는 입타를 통해 자신의 업적에 도취해 있는 사람은 주변을 바라보는 것이 어려움을 알게 하셨죠. 그래서인지 입타는 뛰어나게 용맹스러운 장수였음에도 이스라엘을 6년밖에 다스리지 못해요. 그는 6년 간 판관으로 일하다가 길앗의 성읍에 묻힙니다.

10

영원한 건 없다

•

판관 엘리와 그의 아들들

엘리는 성실하고 책임감 있는 판관입니다. 그러나 그는 자신의 두 아들에게 약했습니다. 엘리의 두 아들은 아버지의 지위를 믿고 사람들에게 행패를 부렸어요. 성전에 바칠 제물을 사제의 몫이라며 가로채기도 하고, 봉사하는 여인들과 잠자리를 같이하기도 했습니다. 엘리는 이런 소문을 듣고는 두 아들을 불러 꾸짖었어요.

"나의 아들들아, 주님의 백성들 사이에 도는 소문이 진정 사실이냐?"

그러나 엘리의 두 아들에겐 아버지의 간곡한 마음이 전달되지 않았어요.

"아버지, 우리 레위 지파는 대대로 주님의 충실한 종으로 살았어요. 그리고 아버지께서 판관이신데 우리가 이 정도 권리도 누리지 못한단 말입니까?"

엘리의 아들 호프니가 이해할 수 없다는 표정으로 말했어요.

"형 말이 맞아요. 아버지께서 평생 주님과 이스라엘 백성을 위해 헌신하셨는데, 우리 집안이 이런 혜택도 못 받는다면 그거야말로 불공평한 처사죠."

엘리의 아들 피느하스도 형의 편을 들며 엘리에게 불만을 토로했어요. 평소 아버지가 너무 고지식하다고 두 아들은 생각하고 있었습니다.

"나의 두 아들아, 사람이 사람에게 죄를 지으면 하느님께서 중재하여 주시지만, 사람이 주님께 죄를 지으면 누가 그를 위해 빌어주겠느냐?"

엘리는 아들들에게 진심으로 사정하듯 말했습니다. 주님의 힘을 모르는 두 아들이 벌을 받을까 두려웠거든요. 엘리는 자신의 목숨보다 더 소중한 아들들을 어떻게든 지켜주고 싶었어요. 그리고 자신의 뒤를 이어 존경받는 판관으로 살기를 바랐습니다.

"아버지, 걱정하지 마세요. 주님께선 약속의 하느님이십니다.

설마 그분께서 우리 조상님들과 맺은 언약을 깨시겠습니까?"

호프니가 의기양양한 태도로 엘리에게 말했어요.

"그럼요, 이스라엘의 하느님은 우리의 신뢰를 깨뜨리실 분이 아니죠."

피느하스도 형의 말을 거들며 자신 있는 표정을 지었어요.

엘리의 나이가 아흔여덟 살이 되던 해 이스라엘은 필리스티아에 대패하였습니다. 설상가상으로 전쟁의 승리를 위해 실로에서 가져갔던 하느님의 궤마저 빼앗겼어요. 그리고 그 궤와 함께 갔던 엘리의 두 아들도 전사했죠.

전령에게 이 소식을 접하자마자 엘리는 의자 뒤로 넘어지면서 목이 부러져 죽었습니다. 이렇게 엘리 가문의 영광은 두 아들의 전사를 끝으로 막을 내렸습니다.

주 이스라엘의 하느님 말씀이다. 나는 일찍이 네 집안과 네 조상의 집안에게 내 앞에서 영원히 살아갈 수 있으리라고 분명히 말하였다. 그러나 이제 결코 그렇게 하지 않겠다. 주님의 말씀이다. 나를 영광스럽게 하는 이들은 나도 그들을 영광스럽게 하지만, 나를 업신여기는 자들은 멸시를 받을 것이다. (1사무 2, 30)

| 자식이라는 이름의 우상

엘리의 아들들은 태어나면서 받은 축복이 영원할 것이라 믿었습니다. 그러나 모든 축복은 조건부입니다. 하느님은 무지로 인한 실수는 용서하셔도 의도적인 악행은 묵인하지 않으십니다.

엘리는 이스라엘의 마지막 판관인 사무엘을 키워낸 훌륭한 사제입니다. 그는 사제로서 충직했으며 주님을 두려워할 줄 아는 주의 종이었죠. 그러나 단 하나, 자신의 두 아들에겐 너무나 관대한 아버지였습니다. 그래서 두 아들의 부정한 소문이 자신의 귀에 들릴 때까지 의심하지 않았으며, 그들의 악행을 알고 나서도 회개시키지 못했습니다.

그런데 엘리가 직접 키운 제자 사무엘도 스승과 같은 전철을 밟습니다. 사무엘은 어머니 한나의 간절한 기도로 태어난 사람이라, 젖을 떼고 바로 성전에서 엘리의 가르침을 받으며 사제로 키워집니다. 그런데 그런 사무엘조차도 자신의 자녀에게는 엄격하지 못했을까요?

사무엘의 두 아들은 후에 브에르 세바에서 판관으로 일했는데, 둘 다 잇속에만 치우쳐 뇌물을 받고는 불공정한 판결을 내렸습니다. 이는 가뜩이나 강력한 통치자인 왕을 원하는 이스라엘 백성들에게 판관 제도를 폐지할 구실이 되었죠.

2부

쓰디쓴 진실과
달콤한 거짓

11

영광의 어두운 그림자

•

초대 왕 사울과 그의 아들 요나탄

사울은 벤야민 지파의 사람으로 뛰어나게 잘생긴데다 다른 사람보다 키도 월등 컸으며 겸손하고 책임감도 강했습니다. 그래서 이스라엘 백성들이 왕을 세워달라 청했을 때 하느님은 판관 사무엘을 시켜 사울을 왕으로 추대하도록 명하셨습니다.

처음에는 사울을 왕으로 세우는 데 반대했던 사람들도 얼마 안 가 사울의 전투력과 지도력에 굴복했죠. 그러니까 사울은 이스라엘의 초대 왕으로 하느님께서 직접 점지하신 사람이며, 판관 사무엘이 공식적으로 그를 왕이라 선포하고 기름 붓는 의식도 행했어요. 이후 전투에서 승승장구하며 백성들의 열광적인 지지도 받았고요.

이처럼 부족함이 없는 사울이었건만 안타깝게도 다윗에 대한 질투로 불행한 말년을 보냅니다. 다윗은 무명 소년이었을 때나 유명 장수였을 때나 변함없이 사울 왕에게 충성을 다했으나 사울은 다윗을 믿지 않았어요. 백성들 사이에서 다윗의 인기가 오를수록 자신의 자리, 즉 왕권을 노린다는 생각으로 불안감에 정신병까지 걸릴 정도였죠.

사울은 집안도 변변치 않은 양치기 출신의 다윗에게 자신의 인기가 밀린다는 사실을 인정할 수 없었습니다. 다윗만 죽으면 자신에 대한 백성들의 지지가 회복될 것이라 믿었죠. 그런데 아들 요나탄이 대놓고 다윗을 옹호하는 것이었어요.

"왕이시여, 다윗은 한 번도 역심을 품은 적이 없습니다. 그는 사방이 적인 이스라엘을 위해 주님께서 선택하신 지도자입니다. 부디 다윗을 의심하지 마소서."

요나탄은 아버지 사울을 설득했습니다. 다윗같이 탁월한 장수를 잃는 것은 이스라엘 전력에도 막대한 손해였죠.

"요나탄 왕자야, 다윗이 네 자리를 위협하는데도 너는 전혀 긴장감이 없구나."

사울은 아들 요나탄이 다윗을 진짜 친구로 생각하는 것을 이해할 수 없었어요.

"이스라엘을 위해 다윗이 왕이 되어야 한다면 저는 양보할 수 있습니다."

요나탄은 진심으로 그렇게 생각했습니다.

"아들아, 네가 권력을 몰라서 하는 소리란다. 다윗이 왕이 되면 너를 비롯하여 우리 집안의 남자들을 단 한 명도 살려두지 않을 것이다. 너는 다윗에게 속고 있는 거란다."

사울은 태생부터 왕자로 자라 험한 경험을 하지 않은 요나탄이 산전수전 다 겪은 다윗에게 속고 있다고 생각했어요. 저리 순진해서 어쩔꼬.

사울은 다윗만 떠올리면 속이 시꺼멓게 타들어 갔습니다. 그런데 정작 왕위 계승 서열 일순위인 요나탄이 진심으로 다윗을 좋아하고 있으니 말입니다.

"요나탄아, 주님께서 이스라엘의 통치권을 우리 사울 집안에 주셨음을 잊지 마라."

사울은 자신이 사무엘에게 기름 부음을 받았던 기억이 아직도 생생합니다.

"왕이시여, 만약 주께서 제가 아닌 다윗을 이스라엘의 왕으로 선택하신다면 그땐 어떻게 하시겠습니까?"

요나탄은 이미 이스라엘 백성들 사이에서 다윗이 차기 왕으로 회자가 되고 있음을 모르지 않았어요.

"주님께서 내게 그러실 리 없다. 내가 얼마나 충직한 주의 종이었는지 그분이 모르실 리 없다. 나는 그분의 명에 따라 암몬족을 물리쳤고, 평생을 필리스티아인들과 싸웠다. 그런데 이제 와서 내 모든 공로를 다윗의 손에 넘기신다고? 절대 그럴 리 없다."

사울은 혼잣말처럼 중얼대며 머리를 거세게 흔들었습니다. 머리가 깨질 듯이 아프면서 의미를 알 수 없는 환청이 들리기 시작했거든요. 아버지의 지병을 안정시키는 처방은 유일하게 다윗의 비파 연주뿐인데….

요나탄은 사울을 피해 도망가 있는 친구 다윗도, 다윗을 시기하여 점점 변해가는 아버지 사울도 모두 가엽다는 생각이 들었습니다.

이후 사울과 요나탄은 필리스티아인들과의 전투에서 한날 함께 죽었습니다. 사울은 적의 궁수가 쏜 화살에 부상을 크게 입자, 스스로 자기 칼을 세우고 그 위에 엎어져 자진했어요. 할례받지 않은 자들의 칼에 죽을 순 없다고 생각했거든요.

이스라엘 왕국의 1대 왕 사울은 그렇게 전장에서 죽음을 맞이했습니다. 비록 말년엔 다윗에 대한 질투와 시기로 품위를 잃었으나, 그는 용감한 왕이었고 하느님의 충직한 종이었습니다.

사울이 대답하였다. "그렇지만 저는 이스라엘의 지파 가운데에서도 가장 작은 벤야민 지파 사람이 아닙니까? 그리고 저의 가문은 벤야민 지파의 씨족들 가운데에서도 가장 보잘것없습니다. 그런데 어찌하여 저에게 그런 말씀을 하십니까?"

(1사무 9, 21)

| 권력 다툼의 종말

사울도 처음 왕으로 지목받았을 때는 누구보다 겸손하고 강인한 사람이었습니다. 자신의 영광보다는 나라와 백성을 먼저 생각했고, 자기에게 주어진 사명에 최선을 다했죠. 그런데 그 영광과 환호가 너무나 달콤하고 황홀했던 것일까요?

다윗이 훌륭한 인재라는 사실, 그래서 이스라엘에 꼭 필요한 사람임을 알면서도 다윗의 인지도가 높아질수록 불안감에 시달립니다. 자신에게 다윗처럼 신뢰할 만한 부하가 있다는 것을 든든하게 생각했다면, 사울의 말년은 달라졌을 수도 있었겠죠?

그러나 사울은 시기심에 눈이 멀어 다윗과 끝내 원수가 되고 맙니다. 더하여 요나탄을 포함해서 아들 세 명과 한 전투에서 같이 목숨을 잃을 뿐만 아니라, 사울 사후에도 다윗 집안과 사울 집안은 왕권을 놓고 싸우게 되죠.

다윗이 유다의 왕으로 헤브론에서 7년 6개월간 통치할 때 이스라엘은 사울의 아들 이스 보셋이 왕으로 군림해요. 그리고 다윗과 이스 보셋은 유다와 이스라엘을 놓고 내전을 치르게 됩니다. 그런데 이스 보셋은 내부의 배신으로 죽임을 당하고요, 그래서 다윗이 유다와 이스라엘의 왕이 되어 예루살렘에서 33년간 이스라엘 전역을 다스리죠.

이때가 이스라엘 민족이 가장 자랑스럽게 생각하는 다윗의 시대입니다.

12

엇갈리는 사랑

·

솔로몬의 후궁 술람밋

술람밋은 사랑하는 연인이 있었습니다. 그 연인은 양을 치는 목자로 그녀가 솔로몬의 눈에 들기 전부터 사귀던 사이었어요. 그러나 술람밋은 귀족의 딸로서 가문을 위해 어머니의 결정을 따라야 했습니다.

이민족인 술람밋의 집안이 이곳 예루살렘에서 공고히 자리를 잡으려면 권세 있는 이스라엘 가문과의 혼인만큼 좋은 게 없었죠. 그런데 마침 솔로몬 왕이 그녀를 보고는 한눈에 반하고 맙니다.

술람밋의 어머니는 이 기회를 놓치지 않고 바로 그녀를 솔로몬에게 후궁으로 바치기로 했어요. 솔로몬에겐 이미 예순 명의 왕비와 여든 명의 후궁이 있었어요. 그는 결혼 동맹을 가장 중요한 왕권 강화 정책으로 삼았거든요.

"어머니, 저는 사랑하는 사람이 있어요. 저를 부디 왕의 신부로 보내지 마세요."

술람밋은 안 될 걸 알면서도 혹시나 하는 마음에 어머니께 간청해봅니다.

"얘야, 내가 가장 사랑하는 하나뿐인 딸아, 솔로몬 왕이 너를 보고 반한 건 너에게도 우리 집안에도 하늘이 주신 기회란다. 너의 어여쁜 용모에 누가 반하지 않을까만은 상대가 왕이라는구나. 이건 거절할 수도, 거절해서도 안 되는 혼인이란다."

술람밋의 어머니는 딸을 솔로몬의 궁전으로 보낼 생각에 들떠 있었습니다.

몰약과 유향, 그리고 온갖 향료로 단장한 술람밋은 솔로몬 왕이 보낸 가마를 타고, 특별히 선발된 용사 예순 명의 호위대에 둘러싸여 궁전으로 향했습니다. 자신을 고향 마을에서 떠나보내는 가족들과 친구들의 요란한 축복을 뒤로 한 채 그녀는 울음을 삼켰어요. 끝내 연인의 모습은 찾을 수 없었습니다.

술람밋은 마음을 단단하게 먹었습니다. 그렇게 도착한 곳은 솔로몬의 궁전 안에 있는 후궁실 중 하나였어요. 그녀는 앞으로 자신이 머물 이곳이 그저 낯설기만 했습니다. 이 방에서 술람밋은 날마다 몰약으로 치장한 채 왕이 찾아오기만을 기다려야 했죠.

똑똑, 창문에서 누군가 술람밋을 찾습니다. 오, 이런! 그녀의 연인이었어요. 모두가 잠든 밤 주변은 고요했고 술람밋의 심장만 요란하게 뛰었습니다.

"잠시만 나와 보오."

연인의 목소리가 밤이슬에 젖어 촉촉하게 들렸습니다.

"이미 옷도 벗었고 발도 씻었어요. 그러니 당신이 제 방으로 들어오세요."

술람밋은 아무도 없는 것을 확인하고는 연인에게 방문을 열어주려고 문빗장 손잡이를 만졌습니다. 이때 문틈으로 그녀의 손에서 몰약이 뚝뚝 떨어졌어요. 이를 본 연인은 말없이 그 떨어진 몰약을 쳐다보다가 그대로 몸을 돌려 가버렸습니다.

술람밋은 멀어지는 연인을 불러 세울 수 없었습니다. 목숨을 걸고 자신을 찾아온 연인도 몰약의 의미를 모르지 않았어요. 왕의 후궁들은 언제 자신을 찾을지 모르는 왕을 위해 밤마다 몰약으로 단장하고 있어야 했거든요.

그렇게 연인과 헤어진 후 술람밋은 백방으로 연인의 행방을 수소문했습니다. 그녀는 왕의 사랑을 받고 있었으나 그녀의 사랑은 오로지 연인을 향해 있었거든요. 그러던 어느 날 술람밋은 연인에 대한 그리움이 북받쳐 올라 늦은 밤 몰래 혼자서 궁을 빠져나왔습니다.

그녀는 미친 듯이 연인의 이름을 부르며 성읍을 돌아다녔어요. 그러다가 야경꾼들에게 걸려 창녀 취급을 당하기도 하고, 그들에게서 빠져나오다가 맞아서 상처가 나기도 했습니다.

게다가 성벽의 파수꾼들은 술람밋의 겉옷이 비싼 것임을 알아보고는 다짜고짜 겉옷을 빼앗았습니다. 밤늦게 성읍을 돌아다니는 그녀가 높은 신분일 리 없다고 생각했죠.

이런 수모를 겪으면서도 술람밋은 그리운 연인을 찾아 밤거리를 헤매고 다녔습니다.

"예루살렘 아가씨들이여, 그대들에게 애원하니 나의 연인을 만나거든 내가 사랑 때문에 앓고 있다고 제발 그이에게 말해주어요."

눈물로 호소하는 술람밋을 보며 아가씨들은 속으로 혀를 찼어요.

"행색을 보아 하니 이 동네 여성은 아닌가 보군요. 이런 데서 찾아야 하는 애인이라면 더는 미련 갖지 마세요. 이미 당신에게서 마음이 떠난 것이니 다시는 여기 오지 마세요."

아가씨 중 한 사람이 술람밋에게 딱하다는 듯 말했습니다. 술람밋은 밤새 실성한 사람처럼 헤매고 다니느라 지쳐서 대꾸할 말도 생각나지 않았습니다. 그녀는 동이 트기 전에 자신의 거처로 돌아와 그대로 쓰러져 잠들었어요. 자신의 운명을 거스르기엔 자신이 너무 약하다고 자책을 하면서요.

나의 연인에게 문을 열어 주려고 일어났는데

내 손에서는 몰약이 뚝뚝 듣고

손가락에서 녹아 흐르는 몰약이

문빗장 손잡이 위로 번졌네. (아가 5, 5)

성읍을 돌아다니는 야경꾼들이 나를 보자

나를 때리고 상처 내었으며

성벽의 파수꾼들은 내 겉옷을 빼앗았네. (아가 5, 7)

예루살렘 아가씨들이여

그대들에게 애원하니

나의 연인을 만나거든

내가 사랑 때문에 앓고 있다고

제발 그이에게 말해 주어요. (아가 5, 8)

| 슬픈 사랑의 노래 '아가(雅歌)'

아가서의 표제가 "솔로몬의 가장 아름다운 노래"이므로 응당 아가에 등장하는 왕은 솔로몬이라고 봐야 자연스럽습니다. 그리고 솔로몬의 어머니 '밧 세바'는 "히타이트 사람 우리야의 아내"로 다윗의 사랑을 독차지했을 뿐만 아니라 권력 투쟁에도 적극적인 여성이었죠. 그래서 왕위 계승 서열이 낮은 솔로몬이 다윗에 이어 이스라엘의 3대 왕이 됩니다.

그래서인지 솔로몬은 이방인 여성들과 결혼을 많이 했으며, 왕족이나 귀족과의 결혼 동맹으로 유명했어요. 열왕기에 솔로몬 왕의 왕비가 칠백 명, 후궁이 삼백 명이라고 기록될 정도로요. 이 숫자를 액면 그대로 믿지 않더라도 어쨌든 술람밋은 솔로몬의 많은 이방인 신부 중 하나였어요.

술람밋은 아가서에서 자신의 연인이 "내 어머니의 젖을 함께 빨던 오라버니 같다면, 나를 가르치시는 내 어머니의 집으로 당신을 이끌어 데려가련만"이라고 탄식합니다. 즉, 그녀의 연인은 신분이 낮은 양치기라서 집안에 소개도 하지 못한 채 자신은 왕의 후궁으로 가게 되죠.

그런데 이 비극의 여인은 과거의 연인을 잊지 못해 예루살렘 성읍의 밤거리를 헤매고 다니다가 저잣거리에서 폭행을 당하기도 해요. 자신의 포도밭을 소유한 부잣집 귀족 아가씨인데 말이죠. 아니, 무엇보다 최고 권력자인 솔로몬의 총애를 받는 왕의 여인인데 말이죠.

그동안 아가서를 아름답고 감미로운 사랑 노래라고 믿어왔다면, 지금 당장 '아가'를 직접 한 장 한 장 넘기면서 읽어보세요. 그러면 술람밋 여인의 비통함과 눈물이 가슴 저리게 다가올 것입니다.

13

낮은 곳을 살핀 예언자

•

엘리야의 제자 엘리사

스승 엘리야의 승천을 눈앞에서 목격한 엘리사지만 막상 그는 자신이 앞으로 무엇을 해야 하는지 잘 몰랐어요. 스승의 승천을 보게 된 것도 자신이 졸라서 그렇게 된 것일 뿐 엘리야는 도통 뭔가를 말해준 적이 없었습니다.

첫 만남 때도 엘리야는 쟁기 끄는 소를 앞세워 밭 갈고 있는 엘리사에게 아무 말 없이 자기 겉옷을 걸쳐주었을 뿐이었죠. 그래도 엘리사가 눈치 빠른 사람이라 알아들었으니 다행이지 다른 사람 같았으면 이게 뭔 일이지? 했을 것입니다.

승천 때만 해도 그래요, 엘리야는 무려 세 번이나 엘리사에게 따라오지 말라고 말하죠.

"너는 여기 남아 있어라. 주님께서 나를 보내셨기 때문이다."

그러나 순순히 물러설 엘리사가 아닙니다.

"주님께서 살아 계시고 스승님께서 살아 계시는 한 저는 결코 스승님을 떠나지 않겠습니다."

엘리사는 엘리야가 자신을 떼놓으려고 할 때마다 이렇게 대답했어요. 그래서 마지막 세 번째 대답 끝에는 오히려 엘리야가 엘리사에게 청이 있느냐 묻습니다.

"스승님 영의 두 몫을 받게 해주십시오."

엘리사가 주저함 없이 당돌하게 요구했어요. 엘리야의 능력은 이스라엘의 예언자 중에서도 단연 최고라고 할 수 있는데, 엘리사는 이런 스승의 능력에 갑절을 요구한 것입니다. 그는 아무리 상황이 다급해도 상대의 의중과 자신이 원하는 바를 정확히 아는 사람이었어요.

그래서 유일하게 엘리야의 승천을 목격한 엘리사는 그가 요청한 대로 일상에서 기적을 손쉽게 일으킬 정도의 막강한 능력을 갖게 되었죠. 그는 이 능력으로 어려움에 처한 사람들을 많이 도왔어요. 굶주린 사람들에게 식량을 마련해주고 죽은 아이를 살리는 등 일반 대중들 속에서 하느님의 기적을 행했습니다.

　그의 기적은 내 편과 네 편을 가르지 않았으며, 적군이라도
필요하다면 기꺼이 선행을 베풀었죠. 왕이라고 해서 두려워
하지도, 가난한 백성이라고 해서 무시하지도 않았어요. 어떨
땐 성질 나쁜 괴짜 같다가도 어떨 땐 한없이 자비로운 선지자
의 모습이라 엘리사를 아는 사람들은 그를 매우 어려워했습
니다.

　엘리사가 죽을병이 들자 이스라엘의 왕 여호아스가 그의
옆을 지켰습니다.

　"활을 당겨 화살을 쏘십시오."

　엘리사가 왕에게 요구했습니다. 왕이 동쪽 창문을 열고 활
을 당겨 화살을 쐈어요.

"주님께서 베푸실 승리의 화살입니다. 이번엔 활을 잡고 땅을 치십시오."

엘리사가 다시 요구하자 왕이 땅을 세 번 쳤습니다. 그러자 엘리사가 왕에게 버럭 화를 냈어요.

"왕께서 대여섯 번 치셨더라면 아람을 쳐서 전멸시키셨을 텐데, 이제는 아람을 세 번밖에 치실 수 없게 되었습니다."

이것이 엘리사가 죽기 직전 남긴 마지막 유언이자 예언이었죠.

그는 엘리야에게서 떨어진 겉옷을 잡고 강물을 치면서, "주 엘리야의 하느님께서는 어디에 계신가?" 하고 말하였다.

(2열왕 2, 14)

| 진정한 예언자의 표상

엘리사는 기적을 행하는 능력도 어마어마하지만, 그의 행보가 자유롭고 거침없어서 더 인상적인 예언자입니다. 그의 스승 엘리야는 살아 있는 상태로, 죽음 없이 하늘로 끌어올려진 기적의 예언자였죠. 그런 스승의 제자답게 엘리사는 언제든지 필요할 때면 백성들을 위해 기적을 행할 수 있는 능력자였어요.

가난하고 굶주린 자들에게 기꺼이 기적을 베푼 예언자로 엘리사만한 하느님의 사람도 없을 것입니다. 그는 스승인 엘리야의 뜻을 파악하기 어려워했으며, 하느님께도 어디에 계시냐고 물을 만큼 불안해했지만 결국 훌륭한 예언자로 자신의 소명을 다했습니다.

그는 자신이 옳다고 생각하는 대로 행동했죠. 그래서 권력자에겐 다루기 힘든 괴팍한 예언자였으나 자신의 도움이 필요한 백성들에겐 선량한 예언자였습니다.

14

통치는 나의 전공

•

페르시아의 왕 키루스

"폐하, 바빌론의 사제가 폐하를 뵙고자 합니다."

키루스는 고개를 갸웃했어요. 무슨 일이지?

"데려오라."

키루스가 정복 전쟁으로 바쁜 나날을 보내고 있을 때였어요. 잠시 후 이국적인 복장을 하고 몹시 긴장한 듯한 사람이 키루스 왕 앞에 납작 엎드렸습니다.

"바빌론의 사제가 내게 무슨 일인가?"

키루스는 대왕이란 호칭에 걸맞게 범접하기 어려운 위엄을 가지고 있었어요.

"폐하, 바빌론의 사제가 감히 청하옵건대 부디 폐하께서 저희 신바빌로니아를 다스려주십시오."

뭐라? 지금 자기 나라를 정복해달라고 말하는 건가? 키루스는 그를 의아하게 쳐다봤어요. 바빌론은 신바빌로니아의 수도로 발달한 문명을 자랑하는 유명 도시였죠.

"그대가 지금 무슨 말을 하는지 알고 있는가?"

키루스는 신바빌로니아가 지도에서 사라지고 페르시아의 영토로 편입된다는 사실을 알고 청하는지 확인하고자 다시 물었습니다.

"예, 알다마다요. 폐하께서는 정복한 나라의 백성들을 살던 땅에서 그대로 살게 하고, 그곳의 풍속과 종교를 존중해주며, 세금도 많이 걷지 않는다고 들었습니다."

현재 신바빌로니아는 왕이 폭군이라 백성들이 살기가 힘들었습니다. 그래서 바빌론 주민들이 논의 끝에 차라리 페르시아의 지배를 받는 것이 낫겠다고 결정한 것이었죠.

"너희 나라를 치러 가겠다."

키루스는 만족스러운 미소를 지었습니다. 백성들이 저항하지 않는 나라를 정복하는 일은 그야말로 식은 죽 먹기죠.

키루스 왕이 이끄는 부대는 막강한 전력을 자랑하며 신바빌로니아 왕국을 손쉽게 무너뜨렸습니다. 무적의 페르시아 군대 앞에서 주변국들이 차례차례 무너지며 모두 키루스 왕에게 무릎을 꿇는 시대였죠.

드디어 키루스 왕이 바빌론에 입성하자 그를 찾아왔던 사제가 무리를 이끌고 와 인사했습니다.

"폐하, 우리들의 왕이시여!"

키루스가 인사하는 그를 알아봤습니다.

"바빌론의 사제야, 그대에게 묻고 싶은 것이 있다."

키루스는 바빌론에 포로로 끌려온 이스라엘 자손들을 원래 그들이 살던 땅으로 돌려보낼 생각이었어요.

"이곳 바빌론의 포로들은 어디서 온 자들인가?"

키루스가 모르는 척 물었어요.

"예루살렘에서 온 이스라엘 자손들입니다."

바빌론 사제가 대답했습니다.

"그들을 모두 고향으로 보내주어라."

키루스가 단호하게 말했습니다.

"폐하, 그들이 이곳에 온 지 오십 년이 지났습니다. 그들은 이제 바빌론의 주민인데 어디로 간다는 말입니까?"

바빌론 사제는 바빌론의 생산력을 담당하는 포로들을 풀어줄 마음이 없었어요. 그러나 키루스는 이미 결정을 한 뒤였죠.

"그들의 신전에서 가져온 기물들도 모두 내주어라. 내가 그들에게 고향인 예루살렘에 새 성전을 짓게 할 것이다."

바빌론의 정복자 키루스의 명령은 절대적이라 바빌론 사람들은 거부할 수 없었습니다. 이렇게 해서 예루살렘 성전의 재건이 이루어지게 됩니다.

"페르시아 임금 키루스는 이렇게 선포한다. 주 하늘의 하느님께서 세상의 모든 나라를 나에게 주셨다. 그리고 유다의 예루살렘에 당신을 위한 집을 지을 임무를 나에게 맡기셨다. 나는 너희 가운데 그분 백성에 속한 이들에게는 누구나 주 그들의 하느님께서 함께 계시기를 빈다. 그들을 올라가게 하여라." (2역대 36, 23)

기적은 어떻게 일어나는가!

계획하지 않은 일들이 일어날 때가 있습니다. 그중 어떤 일들은 나의 노력과 상관없이 내게 뜻밖의 보상을 선사해주죠. 그래서 우린 모든 성과에 겸손할 수밖에 없어요. 내 힘만으로 되는 일이란 세상에 없기 때문이죠.

이 말은 역으로 어떤 일, 특히 오랜 시간 공들인 어떤 일이 실패하더라도 그것 역시 전적으로 내 탓만은 아니라는 얘기입니다. 정말 이루어질 일이었다면 어떻게 해서든 이루어졌을 테니까요.

그러므로 힘든 일, 불가능해 보이는 일일수록 하느님께 맡기고 의지하는 태도가 필요합니다. 나에게 기적이 일어났다고 해서 그 기적을 일으킨 주체가 '나'는 아니기 때문이죠.

15

가난을 대하는 자세

•

의인 토빗과 그의 아내 안나

아시리아의 포로가 되어 니네베로 끌려온 납탈리 지파의 토빗은 정의로운 사람이었어요. 그는 부자였을 때나 빈자였을 때나 상관없이 선행을 베풀었습니다. 굶주린 자들에겐 먹을 것을 주었고 헐벗은 자들에겐 입을 것을 주었죠.

이스라엘 백성 중에 죽어서 성 밖에 던져진 시체가 보이면 손수 그를 묻어 주었고요. 이 일로 가진 재산을 전부 몰수당한 적도 있었지만, 그 후로도 토빗의 선행을 막을 순 없었습니다. 이처럼 그가 의인이란 사실을 누구도 모르지 않았어요.

그런데 그런 의인이 하루아침에 시력을 잃고 앞을 볼 수 없게 되었습니다. 그래서 토빗의 아내 안나가 옷감을 짜는 일로 생활을 꾸려갔습니다. 그러던 어느 날 안나를 딱하게 여긴 주인들이 그녀에게 품삯 외에 새끼 염소 한 마리를 선물로 주었어요. 그런데 토빗이 이를 믿지 않았죠.

"그 새끼 염소 훔친 것 아니오? 주인들한테 돌려주시오."

토빗의 말에 안나는 어이가 없었어요.

"당신의 그 자선들로 얻은 게 뭐죠? 사람들이 우리한테 뭐라고 하는 줄 알아요?"

안나가 속상해서 참았던 울분을 터뜨렸어요.

"내가 언제 당신의 선행을 막은 적이 있었나요? 당신이 위험한 일을 할 때조차도 나는 항상 당신 편이었어요. 그래서 재산을 모두 잃었을 때도 당신을 원망하지 않았죠. 그런데 그런 당신은 의인이고, 나는 남의 염소나 훔치는 도둑으로 보이나요?"

안나는 억울해서 그간 속으로만 삭이고 있었던 말들을 봇물 터지듯 쏟아냈습니다.

아내가 방을 나간 뒤 혼자 있게 된 토빗은 자신의 처지가 궁색하고 한심해서 견딜 수 없었어요. 주님의 뜻에 따라 산다고 살았는데 왜 이런 벌을 받게 됐을까 가슴이 답답했습니다. 그렇지 않아도 눈까지 먼 자신을 불평 한마디 없이 돌봐주는 아내와 아들에게 미안해서 죽을 지경인데, 그런 헌신적인 아내를 도둑 취급하다니…, 토빗은 왜 그랬을까 자신이 이해되지 않아 몹시 괴로웠습니다.

"주님, 저를 당신의 뜻대로 하시되 이 곤궁에서 벗어나게 해주시옵소서. 제가 당치 않은 모욕을 당하고 있습니다. 이렇게 살 바에는 차라리 죽는 것이 낫습니다. 이제 저를 흙이 되게 하시어 영원한 곳으로 들게 해주시옵소서."

토빗은 헤어나올 수 없는 슬픔에 잠겨 자신을 이곳에서 벗어나게 해달라고 기도했습니다.

"주님, 저에게서 당신의 얼굴을 돌리지 마소서. 살아서 많은 곤궁을 겪고 모욕의 말을 듣는 것보다 죽는 것이 저에게는 더 낫습니다." (토빗 3, 6)

| 고난을 견디는 힘

고난에 처했을 때 보이는 인격이 그 사람의 진짜 인성이라고 합니다. 그러나 이게 말은 쉬워도 자신의 바닥을 누구도 자신할 수 없을 것입니다. 토빗 같은 의인도 곤궁한 처지에 처하자 차라리 죽음을 달라고 기도했죠.

자신에게 도움을 받았던 사람들조차 자신에게서 돌아서며 서슴지 않고 모욕감을 주는 언행을 하는 걸 겪으면, 그가 아무리 강인한 정신력의 사람이라도 상처받지 않을 수 없을 거예요. 그래서 마지막까지 가장 헌신적인 가족을 적반하장으로 괴롭히는 상황이 생깁니다. 인간이란 그 정도로 나약한 존재니까요.

따라서 내가 누군가를 도울 수 있는 위치라면 이를 허락하신 하느님께 감사해야 하고, 내가 누군가에게 도움 받아야 하는 위치라면 진짜 '나' 자신과 마주할 용기를 가져야 하겠습니다. 지금의 이 고난이 지나고 나면 더 나은 '나'가 되어 있을 것이란 믿음, 그런 믿음조차 없다면 힘든 시기를 견디기 어려울 테니까요.

16

친구가 불행할 때

•

욥의 친구 엘리파즈

욥이 죽을 만큼의 고통으로 신음할 때 그의 친구 세 명이 욥을 위로한다고 찾아왔어요. 그러나 욥의 모습이 너무 흉측하여 칠 일 밤낮을 서로 아무 말도 하지 못했죠. 그러다 욥이 먼저 이렇게 살 바에는 차라리 죽는 게 낫겠다고 말문을 열었어요.

그러자 엘리파즈가 기다렸다는 듯이 욥을 나무랐습니다.

"내가 한마디 한다고 언짢게 생각 말게. 어느 누가 하느님보다 의로울 수 있겠는가? 나라면 하느님께 호소하고 온전히 맡기겠네. 하느님께서 꾸짖으시는 이는 얼마나 행복한가! 전능하신 분의 훈계를 물리치지 말게나. 그분께서는 환난 중에 자네를 구원하실 걸세. 그러니 자네도 내 말을 귀담아듣고 알아두게나."

엘리파즈의 점잖은 충고는 욥의 마음을 상하게 했습니다.

"내게 무슨 힘이 있어 더 견디어 내고, 내가 얼마나 산다고 더 참으란 말인가? 절망에 빠진 이는 친구에게서 동정을 받을 권리가 있다네. 그가 전능하신 분에 대한 경외심을 저버린다 해도 말일세. 내가 자네에게 돈을 원했나? 힘을 원했나? 나는 불의하지 않았고 아직도 정당하다네. 그런데 어찌하여 나를 나무라는가?"

욥은 엘리파즈에게 서운함을 드러냈습니다. 그런 후 주님께 자신의 처지를 하소연하는 탄원 기도를 올렸죠. 그러자 다른 두 친구도 일제히 욥을 비난했어요. 자네가 결백하다면 하느님께서 자네 소유를 다 돌려주실 거라고, 하느님은 악인만 벌하시니 하느님의 심판을 참고 기다리란 얘기였죠.

친구들의 말에 욥은 더 화가 났습니다. 마치 자신이 죄가 있어서 벌을 받는다는 말처럼 들렸으니까요.

"얼마나 많습니까, 저의 죄와 허물이? 저의 악행과 죄를 저에게 알려주십시오. 어찌하여 당신의 얼굴을 감추십니까? 어찌하여 저를 당신의 원수로 여기십니까?"

욥은 탄식하며 숨어 계신 하느님을 원망했어요. 아무리 간절히 기도해도 응답은 없고, 친구들은 자신을 의심하고 있었죠. 욥이 비통한 심정으로 하느님을 원망하자 엘리파즈가 도저히 못 들어주겠다는 태도로 욥에게 말했습니다.

"정녕 자네는 자네 죄가 가르치는 대로 말하고 교활한 자들의 언어를 골라내는구려. 어찌하여 자네 마음이 자네를 앗아가버렸나? 어찌하여 눈을 치켜뜨고 있는가? 그러면서 자네의 그 격분을 어찌 하느님께 터뜨리고 입으로는 말을 함부로 토해내는가? 사람이 무엇이기에 결백할 수 있으며 여인에게서 난 자가 어찌 의롭다고 할까. 역겹고 타락하여 불의를 물 마시듯 저지르는 것이 바로 인간이야!"

엘리파즈는 도덕적 우월감에 싸여 욥을 업신여기듯 내려다보며 충고했어요. 다른 두 친구도 엘리파즈의 편을 들면서 고통에 허덕이는 욥을 나무랐죠. 욥은 지치고 슬펐습니다. 이미 형제들도 멀어졌고 자기 집의 종들조차 욥을 무시했거든요.

"자네들은 언제까지 나를 슬프게 하고 언제까지 나를 말로 짓부수려나? 자네들은 이미 열 번이나 나를 모욕하고 괴롭히면서 부끄러워하지도 않는구려. 내가 참으로 잘못했다 하더라도 그 잘못은 내 문제일세. 자네들이 진정 내게 허세를 부리며 내 수치를 밝혀내려는가? 그렇지만 알아두게나. 하느님께서 나를 학대하시고 나에게 당신의 그물을 덮어씌우셨음을."

이후 욥의 고난이 다했을 때 주님께서는 욥의 친구들에게 벌을 내리셨습니다.

"이제 너희는 수소 일곱 마리와 숫양 일곱 마리를 가지고 나의 종 욥에게 가서 너희 자신을 위하여 번제물을 바쳐라. 나의 종 욥이 너희를 위하여 간청하면, 내가 그의 기도를 들어주어 너희의 어리석음대로 너희를 대하지 않겠다. 이 모든 것은 너희가 나의 종 욥처럼 나에게 올바른 것을 말하지 않았기 때문이다."

주님께서는 레만 사람 엘리파즈에게 말씀하셨다. "너와 너의 두 친구에게 내 분노가 타오르니, 너희가 나의 종 욥처럼 나에게 올바른 것을 말하지 않았기 때문이다." (욥 42, 7)

누가 진정한 친구인가?

곤궁에 처한 사람에게 우리는 너무 쉽게 충고합니다. 그런 행동이 타인의 어려움을 기회 삼아 자신의 우월감을 만족시키려는 저열한 욕망인 줄도 모르고요. 그래서 어려움이 닥쳐야 비로소 진짜 친구와 가짜 친구를 가려낼 수 있다고들 하죠.

그러나 욥은 자신이 가장 곤궁할 때 자신을 모욕하고 수치스럽게 한 친구들을 용서합니다. 인간이 그만큼 변덕스럽고 약한 존재임을 알고 있으니까요. 그리고 하느님은 욥을 통해 그의 친구들을 용서하심으로써 욥의 억울함을 풀어주셨죠.

이는 먼저 인간에게 용서받아야 하느님께도 용서받을 수 있음을 알게 하시는 것입니다.

17

중용의 지혜

•

아구르의 잠언

마싸 사람 아구르는 도대체가 욕심이 없었어요. 그래서 그의 친구 이티엘이 답답해서 아구르에게 말했죠.

"사람이 너무 욕심이 없는 것도 게으른 걸세. 게으름은 죄악 아닌가?"

이티엘은 얼마 전부터 다른 지역에서 물건을 사다가 파는 무역상을 하자고 아구르를 조르고 있었습니다. 확실하게 돈을 벌 기회였지만 믿을 만한 사람이 없어서 망설이고 있었죠.

"나는 지금 생활에 만족한다네. 그런데 뭐 하러 무역상을 하겠나?"

아구르는 진심으로 자신의 형편에 만족했어요.

"자네는 그게 문제야. 더 잘 살 수 있는 길이 있는데 왜 안 하겠다는 건가? 내가 알아서 다할 테니 자넨 나와 동행만 하면 된다고."

비싼 물건을 싣고 먼 길을 오가는 데 혼자는 위험해서 안 됩니다. 그렇다고 큰돈을 들이는 사업에 아무나 동행시킬 수도 없고요.

이티엘은 의심이 많은 사람이라 아구르처럼 믿을 만한 사람이 아니면 함께 일하지 않았어요. 그래서 어떻게든 아구르를 설득하고 싶었죠.

"자네 노후를 생각하게나. 자네 부인은 또 어떻고. 이제 고생 그만할 때도 되지 않았나?"

이티엘은 아구르의 약점을 공략했습니다. 그만큼 아구르가 필요했거든요.

"내가 괜찮다는데 자네가 왜 우리 집 형편을 걱정하는가?"

아무리 친한 친구라지만 이티엘이 도를 넘는 거 같아 아구르는 내심 불쾌했어요.

이티엘이 돌아간 후 혼자 남게 된 아구르가 생각에 잠겼습니다. 내가 진짜 게으른 걸까? 아내는 이런 내 모습을 싫어할까? 이티엘이 마구 던지고 간 말들 때문에 아구르는 마음이 심란했어요.

그때 아내가 돌아왔습니다.

"아구르, 표정이 왜 그래요? 무슨 일 있어요?"

아내가 걱정스레 물었어요.

"부인, 나는 지혜를 배우지 못했고 시식노 깨치지 못했소."

아구르가 침울하게 말했습니다.

"아구르, 당신은 충직한 주의 종이죠. 주님의 말씀은 모두 순수하시니 우리를 지키는 방패가 되어주실 거예요."

아내가 아구르를 위로했어요.

"나는 허위와 거짓말의 유혹에 넘어가고 싶지 않소."

아구르가 자신이 원하는 바를 말했습니다.

"주님께서 당신에게 그것을 허락하실 거예요."

아내는 남편인 아구르의 믿음이 굳건함을 알고 있었어요.

"또 나는 너무 가난한 것도 부자인 것도 원하지 않소. 너무 가난하면 하느님의 이름을 더럽힐까 두렵고, 너무 배부르면 불신자가 되어 하느님을 외면할까 두렵소."

아구르는 자기 생각을 숨김없이 아내에게 말했습니다.

"오, 아구르! 당신의 뜻대로 주님께서 우리에게 정해진 양식을 허락하실 거예요."

아내의 다정한 말에 아구르는 그제야 안심했습니다. 혹시라도 아내가 자신의 생각과 다를까 못내 불안했거든요.

허위와 거짓말을 제게서 멀리하여 주십시오. 저를 가난하게도 부유하게도 하지 마시고 저에게 정해진 양식만 허락해주십시오. 그러지 않으시면 제가 배부른 뒤에 불신자가 되어 "주님이 누구냐?" 하고 말하게 될 것입니다. 아니면 가난하게되어 도둑질하고 저의 하느님 이름을 더럽히게 될 것입니다.

(잠언 30, 8-9)

지혜로운 사람

아구르는 지혜로운 사람입니다. 그래서 자기 자신을 잘 알고 있었죠. 재물이 부족하면 비굴해지기 쉽고, 재물이 넘쳐나면 교만해지기 쉽다는 것을요. 우리도 대부분 이렇지 않을까요? 가난해도 당당하고, 부자여도 겸손하기란 어려운 일입니다.

그러나 그렇다고 해서 정해진 양식만 허락해달라고 기도하기도 매우 어려운 일이죠. 재물 앞에서 우린 다다익선을 바라게 되니까요. 그런 점에서 아구르는 지혜를 배운 적이 없다고 스스로 고백하지만, 사실은 무척 지혜로운 사람인 것입니다. 그리고 이런 자신의 생활 태도가 진실한 것이기를 바라는 마음에서 허위와 거짓말로부터 자신을 보호해달라고 간구합니다.

18

허무주의자 현인 코헬렛

·

오늘 죽을 것처럼

코헬렛은 세상의 모든 지식을 섭렵한 예루살렘의 현인입니다. 그는 모르는 게 없다고 소문이 나서 그의 집은 늘 조언을 구하는 사람들로 북적였어요. 그가 평소 즐겨 사용하는 말이 '허무'여서 코헬렛의 별명은 '허무주의자 현인'이고요.

"코헬렛, 내 아들이 공부하는 것을 싫어한다오."

아들을 학자로 만들고 싶어 하는 아버지가 찾아왔습니다.

"형제여, 책을 만드는 일은 끝이 없고 공부를 많이 하면 몸이 고달프다네."

코헬렛이 대답했습니다.

"그래도 지식 없는 자가 어떻게 훌륭한 삶을 살 수 있겠소?"

그 아버지는 어떻게든 아들을 공부시키고 싶었어요.

"어리석은 자여, 하늘 아래 새로운 것이 없다네. 의인도 악인도 선인도 죄인도 모두 같은 운명일세. 산 자는 모두 죽은 자가 되어야 하지. 누구도 하느님의 손안에서 벗어나지 못해. 인간은 아무것도 알지 못하네. 그래서 모든 것이 허무일 뿐! 그러니 아들이 젊음을 기뻐하며 할 수 있는 일을 시키게. 인생을 맘껏 즐기며 좋아하는 일을 힘껏 하도록 해주게."

코헬렛의 답변에 아들 문제로 상담 온 아버지는 더 이상 할 말이 없었어요.

"현인이여, 악한 이웃을 만나 너무 괴롭습니다. 제발 도와주세요."

근심이 가득한 여인이 코헬렛에게 찾아와 호소했습니다.

"여인이여, 악한 행동에 대한 판결이 곧바로 집행되지 않는 것이 세상사라오. 이 또한 허무한 일이오."

코헬렛이 대답했습니다.

"그렇다면 언제까지 악인을 참아줘야 하나요? 악인이 잘사는 세상이 진정 옳은 건가요?"

여인이 항의하듯 물었어요.

"내가 지혜를 구하고자 밤낮으로 애써서 알게 된 사실은 하느님께서 하시는 일을 인간은 파악하지 못한다는 것이오."

코헬렛은 자신이 아는 만큼만 정직하게 답변했어요.

"악인이 벌을 받지 않는다면 우리가 굳이 선하게 살 이유가 있을까요?"

여인이 절망해서 코헬렛에게 물었습니다.

"악인이 당장 심판받지 않는다고 해도 이들이 결코 잘되는 일은 없을 것이오. 이들은 하느님에 대한 경외심이 없기에 오래 사는 일도 없소."

코헬렛의 말에 여인은 그래도 다행이다 생각했어요.

"코헬렛, 너는 현인이니 알까? 권력이 참으로 무상하구나."

한때 왕이었던 노인이 코헬렛을 찾아와 푸념합니다.

"왕이시여, 어리석은 자에게는 매우 높은 자리가 주어지고 부자들은 천한 자리에 앉게 되는 것입니다."

코헬렛이 한때 왕이었던 노인에게 말합니다.

"너는 이제 내게 권력이 없다고 나를 무시하는구나."

노인이 코헬렛의 냉정한 말에 서운함을 느꼈어요.

"그럴 리가요. 저는 지혜를 구하는 이에게 저의 지혜를 나눠줄 뿐입니다."

코헬렛의 말은 언제나 거짓 없이 진실했습니다.

"코헬렛, 나는 너무 늙었어. 죽음이 코앞으로 다가왔지."

노인은 그 사실이 두려워 코헬렛을 찾은 것입니다.

"왕이시여, 먼지가 전에 있던 흙으로 되돌아가듯 목숨은 그것을 주신 하느님께로 되돌아갑니다. 누구도 여기서 예외일 수 없습니다."

코헬렛은 이처럼 자명한 진리 앞에서 인간은 한없이 겸허해질 수밖에 없는 존재라고 생각하며 한때 왕이었던 노인에게 침착하게 말했습니다.

"인생이란 실로 허무하구나!"

노인은 코헬렛에게 마지막으로 이 말을 남겼습니다.

허무로다, 허무! 코헬렛이 말한다. 모든 것이 허무로다! 코헬렛은 현인이었을 뿐만 아니라 끊임없이 백성에게 슬기를 가르쳤으며 검토하고 연구하여 수많은 잠언을 지어내었다.

(코헬 12, 8-9)

최선을 다해 삶을 만끽하라!

코헬렛은 전도자란 의미로 인생은 무상한 것이니 하느님께 귀의하자는 내용으로 이루어져 있습니다. 그러니까 여기서 자주 등장하는 '허무'란 현실 세계의 덧없음을 뜻하죠. 그리고 이런 덧없음을 견디는 유일한 길이 하느님을 경외하고 그분의 계명을 지키는 것이라고 코헬렛의 저자는 말합니다.

그러나 그렇다고 해서 현실을 도외시하진 않아요. 코헬렛은 젊음의 기쁨을 만끽하고 삶을 충분히 즐길 것을 권합니다. 그래서 우리가 기뻐하며 빵을 먹고 기분 좋게 술을 마시는 것을 하느님께서도 좋아하신다고 해요. 더하여 깨끗한 옷과 향유 바른 머리로 사랑하는 사람과 인생을 즐기라고 충고합니다. 즉, 우리는 모두 죽음을 피할 수 없는 존재이니 살아있는 동안 최선을 다해 삶을 만끽하란 이야기죠. 그런 의미에서 '허무'는 자신을 가장 자기답게 살도록 추동하는 조건이 됩니다.

19

우상을 만든 최초의 장인

·

아이돌은 아름다워

장인은 나무를 잘 다루기로 소문이 자자했어요. 그가 만지는 나무들은 정교한 그릇으로, 우아한 탁자로, 튼튼한 의자로 새로 태어났죠. 장인의 손끝에서 탄생하는 물건들이 어찌나 아름답고 정교했는지 다른 지역의 사람들까지 찾아와 주문하곤 했습니다.

"이 아이의 조각상을 만들어주실 수 있소?"

어느 날 낯선 이가 찾아와 아이가 그려진 그림을 내밀며 장인에게 물었어요. 옷차림으로 보아 이곳 주민은 아닌 것 같은데, 귀한 옷감의 옷을 입고 종을 데리고 다니는 모습이 부자처럼 보였어요.

"이 아이가 누구입니까?"

장인은 사람의 모양을 조각해본 적이 없어서 그 남자를 이상하다고 생각했죠.

"내 아들이오"

남자가 침통하게 대답했습니다.

"그렇다면 만들 수 없습니다. 아들의 영혼이 조각상에 들어가기라도 하면 큰일이니까요."

장인이 단호하게 거절했어요.

"그 아이의 장례를 치르고 오는 길이라오."

그래서 남자의 얼굴이 어두웠나 봅니다.

"아들의 조각상을 만들어 무엇을 하려고 하십니까?"

장인은 호기심이 생겨 물었습니다.

"아들을 잊지 못하겠소. 조각상이라도 보며 시름을 잊을까 한다오."

죽은 아들을 그리워하는 남자의 간절함이 느껴졌어요.

"이 그림과 똑같이 닮도록 만들면 되는 거죠? 크기는 사람과 비슷하게 하고요."

장인의 승낙에 부자 남자는 기뻐하며 가져온 큰돈을 주고 돌아갔습니다.

　장인은 그날부터 한 달 내내 소년상을 만드는 데 온갖 정성을 들였습니다. 되도록 사람과 똑같이 만들려고 다듬고 또 다듬었죠. 마침내 장인의 뛰어난 재주와 엄청난 노력이 결합해서 소년상이 완성되었습니다. 장인 자신도 자기 작품에 만족할 정도로 아름다운 조각상이 완성되었어요.

　아들의 조각상을 본 부자는 기뻐서 장인에게 처음보다 더 큰돈을 보상으로 주었죠. 장인이 그 조각상에 얼마나 정성을 쏟았던지 조각상이 부자 남자의 일행들 손에 들려 나갈 때 장인은 말로 표현할 수 없는 허탈함을 느꼈어요.

　그런데 얼마 지나지 않아 장인에게 이상한 소문이 들려왔습니다. 자신이 만든 소년상에 값비싼 옷을 입히고 보석으로 치장한 뒤 그 조각상을 숭배한다는 것이었어요. 그 조각상이 누구인지 뻔히 알 텐데 거기다 대고 제의를 지내며 그것을 신으로 모신다니, 신기하기도 하고 놀랍기도 했습니다.

그래서 장인은 이번에는 왕의 조각상을 만들기 시작했어요. 한낱 이름 없는 아이도 신으로 떠받드는데 하물며 왕이라니, 가뜩이나 왕은 멀리 있어서 일반 백성들이 보기도 힘들었죠. 그러니 왕의 조각상 앞에서 사람들이 얼마나 머리를 조아릴지 상상이 갔습니다.

장인은 신이 나서 온 힘을 다해 왕의 조각상을 완성한 뒤 왕에게 그것을 바쳤어요. 그러자 사람들이 왕의 조각상 앞에 와서 소원을 빌고 기도를 드렸습니다. 백성들은 이제 인간으로 공경하던 자를 신으로 경배하게 된 것이죠.

때 이르게 자식을 잃고 슬픔에 잠긴 아비가 갑자기 빼앗긴 자식의 상을 만들어 조금 전까지만 해도 죽은 사람에 지나지 않던 것을 신으로 공경하며 자기 권솔에게 비밀 의식과 제사를 끌어들였다. (지혜 14, 15)

| 우상의 기원

성서에는 우상 숭배 이야기가 아주 많이 나오죠. 아니, 정확하게 말하면 가장 많이 나옵니다. 매번 이스라엘 백성은 우상 숭배를 하다가 벌을 받거나 멸망하곤 해요. 그런데 흥미롭게도 지혜서에 '우상 숭배의 기원'을 설명하는 부분이 있어요.

자식 잃은 아버지가 슬픔을 이기려고 자식의 조각상을 만들었는데 그것이 최초의 우상이 된 거죠. 그 아버지는 자식의 죽음을 있는 그대로 받아들이는 대신 죽은 자식을 신으로 만들어 의지했던 것입니다. 그야말로 인간에 의해 만들어진 신이 되는 셈이죠. 이처럼 우상이란 인간의 욕망이 만들어낸 허상임을 말해 주고 있습니다.

20

쓰디쓴 진실과 달콤한 거짓

·

예언자 예레미야와 하난야

예레미야는 어릴 적부터 총기가 있던 사람입니다. 그래서 주님의 말씀이 내렸을 때 "저는 아이라서 말할 줄 모릅니다" 하고 예언자의 소명을 거절했죠. 그는 그만큼 자신을 잘 알았어요. 게다가 격변의 시대에 예언자로 산다는 것이 얼마나 두려운 일인지도, 제사장 집안에서 태어나 자랐기에 잘 알고 있었고요.

그렇지만 하느님은 그를 놔주지 않으셨죠. 왜냐하면 그를 모태 이전부터 알았으며, 태중에서 이미 예언자로 세우셨기 때문에요. 그렇게 예레미야는 하느님의 계획에 따라 예언자의 길을 걷게 됩니다.

그러나 유다 왕국 쇠퇴기엔 거짓 예언자가 넘쳐났고, 백성들은 예언자를 장사치나 선동가 정도로 이해해서 예레미야를 무시하기 일쑤였죠. 무엇보다 가장 큰 문제는 백성들이 예레미야를 거짓 선지자로 생각한다는 거예요.

듣기 좋은 소리도 계속 반복해서 말하면 짜증이 나는 법인데, 예레미야는 툭하면 겁을 주는 예언뿐이었어요.

"배반한 자식들아, 돌아오너라. 돌아오지 않으면 내가 너희를 원수들의 손에 넘기겠다."

이러니 백성들이 그를 좋아할 리 없죠. 급기야 예레미야는 사람들에게 주님의 이름으로 예언하면 죽여버리겠다는 협박을 당합니다.

"주여, 온 세상 사람들이 모두 저를 저주합니다. 저를 가득 채운 당신의 분노 때문에 당신 손에 눌려 홀로 앉아 있습니다. 어찌하여 제 고통은 끝이 없고 제 상처는 치유를 마다하고 깊어만 갑니까? 당신께서는 저에게 가짜 시냇물처럼 믿을 수 없는 물처럼 되었습니다."

예레미야는 가까운 이들에게마저 배척당해 혼자 지내면서 견딜 수 없는 외로움과 심적 고통으로 주님께 고백했습니다.

"내가 너를 악한 자들의 손에서 건져내고 무도한 자들의 손아귀에서 구출해내리라."

하느님은 언제나처럼 예레미야에게 약속하셨지만, 그것으로 그의 고통이 사라지진 않았어요.

그날도 예레미야는 다른 날들처럼 회개하고 돌아오라는 주님의 말씀을 전하며 예루살렘에서 사람들과 설전을 벌이고 있을 때였어요. 한 무리가 다가와 그를 기브온 출신의 하난야 예언자와 비교했습니다.

"예레미야 당신의 말은 틀렸소. 하난야가 예언하길 이스라엘의 하느님께서 바빌론 왕의 멍에를 부수겠다 하였소. 두 해 안에 빼앗긴 예루살렘 성전의 기물을 모두 돌려놓고, 바빌론으로 끌려간 유다의 모든 유배자도 이곳에 다시 데려다 놓겠다 하였소."

그들의 말을 듣고 예레미야는 성전으로 하난야를 찾아갔습니다. 마침 하난야는 사제들과 성전 내 백성들을 향해 평화를 예언하고 있었어요.

"아무렴, 주님께서 그렇게만 해주신다면 얼마나 좋겠소! 주님께서 당신이 예언한 말을 실현시키시어, 주님의 집 모든 기물과 모든 유배자를 바빌론에서 이곳으로 옮겨주시기를 바라오."

예레미아의 말에 성전에 모인 사람들이 술렁댔습니다. 또 시작이군, 그들은 한결같이 어둡고 비참한 예레미아의 예언에 지쳐 있었거든요.

"제 말을 믿지 않는 사람은 예루살렘에서 오직 예레미야 한 명뿐이니 당신이 그분이겠군요. 주님의 인자하심을 믿지 않는 자여."

하난야는 불길한 예언자 예레미아를 익히 알고 있었으나 짐짓 처음 본다는 투로 말했습니다.

"하난야, 예로부터 예언자들은 많은 나라와 큰 왕국들을 향해 전쟁과 재앙과 흑사병이 닥치리라고 예언하였소. 그런데 어찌하여 당신은 주님께서 당신을 보내지 않으셨는데도 이 백성을 거짓에 의지하게 하는 것이오?"

예레미아가 하난야를 질책했습니다.

"주님께서 제게 '내가 두 해 안에 바빌론 임금 네부카드네자르의 멍에를 모든 민족의 목에서 벗겨 부수겠다'고 말씀하셨습니다. 저는 그저 주님의 말씀을 들은 대로 전할 뿐입니다."

하난야는 예레미야가 화를 내든 말든 개의치 않고 자신의 할 말만 반복했어요. 예레미야는 그 자리를 떠나지 않을 수 없었습니다. 성전에 모인 사람들 모두 예레미야를 거짓 예언자라 비난하면서 하난야를 참 예언자로 숭배했거든요.

'가서 하난야에게 말하여라.' 주님께서 이렇게 말씀하신다. '너는 나무 멍에를 부수고, 오히려 그 대신에 쇠 멍에를 만들었다.' (예레 28, 13)
하난야 예언자는 그해 일곱째 달에 죽었다. (예레 28, 17)

| 참된 예언자와 거짓 예언자

예레미야는 유난히 회개를 강조했던 예언자였습니다. 당시 유다 왕국은 강대국 간의 전쟁 틈바구니에 끼어 시대적 상황이 좋지 않았어요. 이처럼 사회적 혼란이 가중되는 격변기에는 거짓 예언자들이 대거 등장하기 마련이죠. 그런 거짓 예언자들은 달콤한 미래가 곧 올 것처럼 대중을 현혹합니다. 대중은 당장 자신들 눈앞에서 이루어질 미래가 아니면 관심이 없거든요.

그런데 예레미야는 지금 닥친 고난을 감내하면서 먼 미래에 올 새 세상을 준비하자고 하니 대중의 정서와는 맞지 않았죠. 그래서 그에 대한 전승 자료 중에는 그가 분노한 동족들에게 돌에 맞아 죽었다는 기록도 있다고 해요. 그만큼 예레미야 하면 비운의 예언자 느낌이 있죠.

어려운 시기에 왕과 백성에게 바른말을 하다 미움받은 예언자, 그러나 외롭고 불행했을망정 자신의 소신을 굽히지 않고 신념대로 살다 간 선지자. 그래서겠죠? 예레미야만큼 후대에 인기 많고 자주 거론되는 예언자도 없습니다.

3부

이번 생이
처음이라

21

칼날 위의 정의

•

네리야의 아들 바룩

바룩은 바빌론에 머물면서 이집트에 있는 예레미야의 소식을 간간이 접했습니다. 예레미야는 조금도 타협하는 법이 없었어요. 그러나 예레미야가 남들이 볼 땐 고집 세고 완강해 보여도 본성은 마음이 약하고 여린 사람이란 것을 바룩은 알고 있었죠. 바룩이 서기관으로 일을 시작하면서 가장 오랫동안 함께 지낸 사람이 예언자 예레미야였거든요.

괴팍하고 기이한 성품이란 소문과 다르게 예레미야는 따뜻하고 섬세한 사람이었어요. 예레미야는 독신으로 살면서도 흐트러짐 하나 없이 자신에게 매우 엄격했죠. 그런 그와 함께 일을 하면서 바룩도 자기 절제와 절도 있는 삶을 배웠습니다.

"예레미야 예언자께서 바룩님께 편지를 보내셨습니다."

심부름하는 아이가 바룩에게 두루마리 편지를 전달했습니다. 바룩은 그 편지를 바로 펴보지 않았어요. 무슨 내용인지 보지 않아도 알 것 같았거든요. 바룩은 낮게 한숨을 쉬었습니다. 이 편지를 같이 바빌론으로 유배 온 유다 동족들에게 읽어줄 생각을 하니 가슴이 답답해져 왔어요.

예레미야 당신은 참으로 지치지도 않는구려, 바룩은 자신이 예레미야의 예언을 기록으로 남겨야 하는 서기관인 것이 다행인지 불행인지 모르겠단 생각이 들었어요. 예레미야처럼 위대한 선지자도 없다는 생각이 반, 그처럼 무모한 예언자도 없다는 생각이 반이었어요.

바룩은 예레미야의 편지를 들고 집을 나섰습니다. 유다 회당에서 이를 읽으려면 먼저 바빌론 왕의 승인이 필요했어요.

"바빌론 왕이시여, 예언자 예레미야가 전하길 유다는 바빌론을 섬기라 했습니다. 이스라엘의 하느님께서 유다를 바빌론 손에 맡기셨으니 왕께서 우릴 다스리심이 합당합니다."

바빌론 왕은 언제나 예의 바른 바룩이 썩 맘에 들었습니다.

"예레미야 예언자가 이집트에 있다는 소식은 들었다. 왜 사서 고생인지, 바빌론으로 왔다면 짐이 돌봐줬을 텐데 지금이라도 오라 하라.”

바빌론 왕은 예레미야가 예루살렘에서 자신을 따라 이곳으로 오지 않은 점이 여전히 아쉬웠어요. 유다 왕과 백성들에게 바빌론을 섬기게 될 것이라고 예언한 탓에 유다 백성들의 저주와 조롱을 받고 있는 예레미야, 그러면 응당 바빌론을 선택할 줄 알았거든요.

그러나 예레미야는 바빌론 왕이 직접 동행을 제안했음에도 바로 눈앞에서 거절했죠. 왜냐하면 예레미야의 예언은 오직 유다 왕국과 백성들을 위한 것이었기 때문입니다. 예레미야 자신이 부귀영화를 누리기 위해 강대국 편을 든 게 아니었어요. 격변기의 상황에서 이스라엘 민족의 미래를 계획하시는 하느님의 계시를 그대로 전달한 것뿐이었죠.

“예레미야의 편지를 허하노라.”

왕의 승인이 떨어졌습니다. 바룩은 편지를 갖고 유다인들이 모인 회당으로 가야 합니다. 그들이 예레미야의 예언을 어떻게 받아들일지 걱정이 앞섰지만 그래도 이 일이 자신의 소명이라 생각했어요.

바빌론 왕을 설득해서 예루살렘에 남아 있는 유다 민족을

보호하고, 바빌론으로 끌려온 유다 자손들에겐 살아서 고향
으로 돌아가자고 독려하는 일 말이죠. 그러기 위해서 바룩은
예레미야의 예언을 기록하고 예언자의 뜻에 따라 행동했습
니다.

"이것은 분명 네리야의 아들 바룩이 우리를 칼데아인들의 손
에 넘겨, 그들이 우리를 죽이거나 바빌론으로 유배 보내게 하
려고 당신을 부추긴 것이오." (예레 43, 3)
바룩은 성전에서 빼앗긴 주님의 집 기물들을 돌려받아, 시완
달 초열흘날에 유다 땅으로 보냈다. 그것들은 유다 임금 요시
야의 아들 치드키야가 만든 은 기물들이었다. (바룩 1, 8)

예언자의 동지

바룩은 예레미야의 서기관 또는 동지로 알려진 인물입니다. 그는 눈에 띄는 도드라진 행동으로 주목받는 예레미야의 곁에서 묵묵히 예언자의 비서가 되어 예언자를 돕습니다. 예레미야의 말을 받아 적고, 그가 맺은 계약서를 보관하며, 그의 편지를 사람들에게 읽어주죠.

바룩은 서기관이었습니다. 서기관들은 문서에 능하고 기록물을 업으로 다루다 보니 대체로 이성적인 사람이 많았어요. 그래서 영혼의 존재도 부인하는 편이죠. 그리고 율법에 정통해서 바빌론 포로기 때는 랍비와 같은 율법학자의 역할도 수행했어요.

이런 바룩에게 제사장 집안의 예언자 예레미야는 이해하기 힘든 인물이었을 수도 있습니다. 그러나 바룩은 예레미야를 믿고 의지하며, 예레미야가 이집트에서 죽을 때까지 그를 충직하게 따릅니다.

함정에 빠졌지만

·

요야킴의 아내 수산나

요야킴은 바빌론에 사는 부유한 유다인으로 그를 존경하는 유다인들이 늘 그의 집을 찾아오곤 했습니다. 백성 가운데서 재판관으로 임명된 두 원로도 줄곧 요야킴의 집에 머물면서 소송 때문에 찾아오는 사람들을 맞았죠.

요야킴은 자신의 넓은 정원을 개방해서 동족과 이웃들이 자유롭게 사용하도록 했어요. 그리고 요야킴의 아내 수산나도 한낮에 왔던 사람들이 떠나고 나면 남편의 정원에 들어가 거닐곤 하였습니다. 그런데 이 두 원로가 산책 나온 수산나를 매일 훔쳐보다가 음욕을 품게 되었어요.

"수산나는 매우 아름답소."

원로 중 하나가 넋이 빠진 듯 중얼댔죠.

"수산나와 한 번만 정을 통해봤으면…."

다른 원로가 재빨리 말을 받아 자신의 속셈을 드러냈어요. 이렇게 두 원로는 자신들이 같은 욕망을 가진 것을 확인한 뒤로는 매일같이 수산나를 몰래 숨어서 엿봤습니다.

그러던 어느 무더운 날, 수산나는 정원에 있는 욕조에서 목욕하려고 하녀 둘을 데리고 갔습니다. 하녀들은 정원에 아무도 없다고 확인한 뒤 정원 문들을 닫아걸었어요. 그러고는 수산나의 목욕에 필요한 올리브기름과 물분을 가져오려고 옆문으로 빠져나갔죠. 정원 안에는 원로 둘이 있었으나 그들이 숨어 있었기 때문에 몰랐던 것입니다.

원로 둘은 서로 눈짓을 주고받았습니다. 이건 하늘이 주신 기회야, 둘은 약속이나 한 듯 수산나 앞에 떡하니 모습을 드러냈어요.

"자, 정원 문들은 잠겼고 우리를 보는 이는 아무도 없소. 우리는 당신을 간절히 원하오. 그러니 우리 뜻을 받아들여 우리와 함께 잡시다. 그러지 않으면, 어떤 젊은이가 당신과 함께 있었고, 바로 그 때문에 당신이 하녀들을 내보냈다고 증언하겠소."

원로 한 명이 미리 준비해둔 듯 천연덕스럽게 수산나를 협박했습니다.

　"내가 곤경에 빠졌군요. 당신들 말대로 하면 그것은 나에게 죽음이고, 그렇게 하지 않는다 해도 당신들의 손아귀에서 빠져나갈 수가 없겠죠."

　수산나가 탄식하며 말했습니다.

　"수산나 그대는 미모만 출중한 게 아니라 머리도 좋구려. 알다시피 당신이 빠져나갈 길은 아무 데도 없다오."

　다른 원로가 욕정에 불타서 수산나를 압박했습니다.

　"주님 앞에 죄를 짓느니 차라리 당신들의 손아귀에 걸려들겠습니다."

　수산나는 이렇게 말한 뒤 큰 소리를 질러 자신이 위험에 빠졌음을 주위에 알렸어요. 그러자 그 두 원로도 수산나를 향해 소리를 질러댔어요. 고함소리를 듣고 집에 있던 사람들이 정원으로 달려왔습니다.

　"웬 젊은 남자가 수산나와 같이 있는 것을 보았소."

　원로들은 당황한 표정으로 수산나를 모함했습니다. 그러나 하인들은 그 말을 믿지 않았어요. 수산나는 정숙한 여인이었고 하인들에게도 신뢰받는 주인이었거든요. 두 원로는 일단 그 자리를 벗어났습니다. 그러나 자신들의 치부를 수산나에게 들킨 이상 그녀를 이대로 살려둘 수 없다고 생각했죠.

다음 날 두 원로는 요야킴의 집에 사람들이 모였을 때 수산나를 데려오게 했습니다. 그녀를 간음죄로 공개재판 할 심산이었죠. 수산나의 간음 현장을 목격한 두 명의 증인은 둘 다 원로이며 재판관이었고, 다른 증인은 아무도 없었습니다.

초연하게 서 있는 수산나의 모습은 무척이나 아름답고 우아했어요. 이윽고 회중이 사형을 선고하자 수산나를 아끼는 가족과 친지들이 탄식했으나 누구 하나 나서서 변론하지 못했습니다. 이때 무리 중에서 어떤 목소리가 들렸습니다.

"나는 이 여인의 죽음에 책임이 없습니다."

다니엘이라고 하는 아주 젊은 사람이었죠. 그의 뜬금없는 말에 회중은 무슨 일인가 싶었습니다. 이어서 다니엘은 주저 없이 두 원로를 향해 이들이 거짓 증언을 했다고 소리쳤어요.

"저들을 멀리 떼어놓으십시오. 제가 증명해 보이겠습니다."

그러고는 증인 중 한 명에게 목격했다는 간음이 일어난 장소를 물었습니다. 그는 정원을 둘러보더니 유향나무 아래라고 답했습니다. 그다음 다른 증인을 데려오게 한 뒤 같은 질문을 했어요. 다른 증인도 정원을 이리저리 둘러봤습니다.

"저 떡갈나무 아래요."

다른 증인의 대답에 회중이 술렁댔습니다. 자신들의 실수로 무고한 여인을 처형할 뻔했으니까요. 수산나는 무사히 풀려났고 두 원로는 처형당했습니다. 그리고 이날 이후로 다니엘은 백성들 사이에서 유명해졌죠.

다니엘이 그 두 원로에게, 자기들이 거짓 증언을 하였다는 사실을 저희 입으로 입증하게 하였으므로 온 회중은 그들에게 들고일어났다. 그리고 그들이 이웃을 해치려고 악의로 꾸며낸 그 방식대로 그들을 처리하였다. (다니 13, 61)

진실의 힘

이스라엘의 법정에선 증인 한 명으론 증언을 인정받지 못한다고 합니다. 최소 두 명은 돼야 신뢰할 수 있다는 거죠. 그런데 수산나의 경우처럼 두 명이 짜고 모함한다면 어쩔 수 없이 당할 수밖에 없을 거예요.

더구나 그 증인이 둘 다 지역의 원로이며 재판관인 경우는 더 하겠죠. 회중은 당연히 그 권위에 눌려 그들이 거짓 증언을 하리라곤 감히 생각지 못할 테니까요. 또는 의심하는 마음이 설혹 들었다 해도 선뜻 나서서 도와줄 엄두가 안 났겠죠.

그러나 다니엘은 달랐습니다. 어린 나이에도 불구하고 무고한 피해자를 외면하지 않았습니다. 그리고 수산나는 부당한 거래에 타협하는 대신 목숨을 걸고 자신을 지켰죠. 이처럼 지레 겁을 먹지만 않는다면 빠져나올 수 없는 함정이란 존재하지 않습니다.

23

네가 하느님 할래?

•

예언자 요나와 니네베 왕

"왕이시여, 저는 위대한 예언자가 아닙니다."

요나는 니네베 왕에게 이렇게 말하면서 이곳 사람들은 왜 이리 순진할까 하는 생각이 들었어요. 자기가 뭐라고 자신이 하는 말을 이토록 전적으로 신뢰하는 건지 의아했죠.

"당신에 대한 소문은 익히 들었소. 풍랑이 심한 바다에 빠졌는데도 살아서 돌아왔다지? 어떻게 물고기 뱃속에서 사흘 밤낮을 버틸 수 있었던 거요?"

니네베 왕은 이미 요나에 관한 소문을 접했어요. 이스라엘에서 온 예언자가 신통하다는 것을요, 그리고 그가 섬기는 신이 매우 막강한 힘을 가지고 있다는 것도요.

"이스라엘의 하느님은 집요하셔서 그분께서 계획하신 일은 반드시 이루시죠."

요나는 에둘러 이렇게 말했어요. 자신이 니네베 사람들에게 하느님의 예언을 전해주기 싫어서 니네베 반대쪽의 바다로 도망치다가 물고기 뱃속까지 겪게 됐다는 말은 차마 할 수 없었죠.

"우리 니네베는 당신과 당신의 하느님께 감사하오."

니네베 왕이 요나에게 말했습니다. 니네베는 아시리아의 수도로 땅도 기름지고 문명도 발달하여 아쉬울 게 없는 부유

한 도시였어요. 딱 하나 문제는 우상 숭배였는데, 이젠 그마저도 회개하여 하느님의 진노를 피해갔으니 요나는 그 점이 영 맘에 들지 않았습니다.

"이스라엘의 하느님은 자비하시고 너그러우시죠. 분노에 더디시고 자애가 크시어, 벌하시다가도 쉬이 마음을 돌리시는 분입니다."

요나가 니네베 왕에게 말했습니다. 그래서 내가 처음부터 이곳에 오고 싶지 않았다고, 당신들이 진심으로 회개해서 멸망을 피해 가는 꼴을 보느니 차라리 나 요나가 죽는 편이 낫겠다는 말이 목까지 차올랐으나 꿀꺽 삼켜버렸죠. 예언자는 정말 못할 짓이야, 요나는 평소에도 이런 생각을 하곤 했습니다.

"정말 그렇소, 주님께서 우리 니네베까지 보살피시다니…."

니네베 왕의 말에 요나가 또 울컥했어요. 이방인인 당신이 이스라엘의 하느님을 언제 봤다고 '주님'이라니, 요나는 기분이 매우 언짢아서 화가 났습니다.

요나는 니네베 성읍에서 나와 성읍 동쪽에 자리 잡았어요. 성읍에 무슨 일이 일어나는지 보고 싶었거든요. 이대로 정말 끝난 건지, 아직 더 남은 일이 있는지 잘 모르기도 해서요.

"요나야, 수고했다. 이제 집으로 돌아가도 좋다."

하느님께서 요나에게 말씀하셨어요.

"아, 주님! 저들이 변심할 수도 있잖아요."

요나는 니네베의 가장 높은 사람부터 가장 낮은 사람까지 자루옷을 입고 잿더미 위에 앉아 자신들의 잘못을 회개하는 모습이 잘 믿기지 않았습니다. 그래서 곧 그만두지 않을까 하는 마음도 있었어요.

"너희 이스라엘 백성만 하겠느냐?"

하느님의 이 한마디에 요나는 니네베가 잘못되기를 바라는 마음을 버리고, 그곳을 떠나 고향으로 돌아갔습니다.

"오른쪽과 왼쪽을 가릴 줄도 모르는 사람이 십이만 명이나 있고, 또 수많은 짐승이 있는 이 커다란 성읍 니네베를 내가 어찌 동정하지 않을 수 있겠느냐?" (요나 4, 11)

모두를 품으시는 하느님

요나는 이스라엘 민족만이 구원받을 수 있다는 선민의식을 가진 예언자였죠. 그래서 니네베로 가 하느님의 예언을 전하라는 소명을 받자 바로 도망가 버립니다. 니네베가 구원받는 꼴을 보느니 차라리 내가 죽는 게 낫다고 하느님께 불평할 만큼 그는 막무가내로 이방인 전도를 거부해요.

설마 하느님께 직접 계시받는 예언자가 그런다고? 놀랄 정도죠. 그런데 여기서 진짜 놀라운 점은 그런 요나도 니네베 사람들도 하느님은 모두 품으신다는 거예요. 투덜이 요나도 끝까지 설득하시고, 이방인 니네베 사람들도 구원하십니다. 이처럼 편애하지 않으시는 하느님, 여기서 우린 공의의 하느님을 만날 수 있습니다.

24

한 놈만 패면 안 돼?

·

유다 백성과 예언자 미카

미카는 직설적이고 성질이 급했습니다. 그래서 사람들과 다툼도 많았어요.

"미카, 그만 좀 해! 너 꼭 실성한 사람 같아."

미카의 오랜 벗이 참다 참다 폭발했습니다. 미카가 맨발에 알몸으로 길거리에서 울부짖고 있는 것을 집으로 데려왔거든요. 앞으로 어떻게 얼굴을 들고 다니려고 이런 짓까지 하는지, 오랜 벗은 미카를 도저히 이해할 수 없었어요.

"나도 이렇게까지 하고 싶진 않았어. 하지만 어쩌겠어? 주님의 음성은 계속 들리는데, 이 백성들은 전혀 들으려고 하질 않아! 그런데 나더러 어쩌라고, 어? 너도 내 입장이라면 나처럼 했을 거야."

미카는 자신의 진심을 몰라주는 벗에게 항변을 늘어놓았습
니다.

"이봐, 미카! 남들한테 훈계만 하지 말고 너 자신을 좀 돌
아봐, 네가 그렇게 부르짖는 주님이 진짜 이스라엘의 하느님,
맞긴 한 거야?"

오랜 벗의 의심에 미카는 할 말을 잃었습니다. 가장 가까운
벗조차 자신을 거짓 선지자로 생각하고 있었다는 데 충격을
받았어요. 아무리 거짓 선지자가 판치는 세상이라고 해도 자
신을 의심하다니, 미카는 화가 나서 자신의 오랜 벗을 내쫓아
버렸습니다.

저런 놈들 때문이야! 미카가 성전으로 가는 길이었어요. 성
전 모퉁이에서 설교하는 사람과 그를 둘러싸고 있는 한 무리
를 발견했습니다.

"거짓 설교자야, 당장 이곳을 떠나라! 너희는 부정을 저지
르는 자들이다."

미카가 설교자를 향해 고함쳤어요. 그러자 그곳에 모여 있
던 사람들이 미카를 향해 조롱과 야유를 보냈습니다.

"미카, 야곱 집안이 저주를 받아야 하겠느냐? 진정 주님의

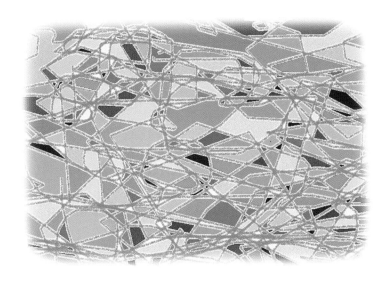

인내가 모자란단 말이냐?"

설교자도 목소리를 높여 미카를 꾸짖었어요.

"너희가 외치는 평화는 거짓이다. 내가 야곱의 이름과 주님의 영으로 선포한다. 너희 거짓 선견자들이 부끄러운 일을 당하리라."

미카의 외침에 설교자와 그의 추종자들이 혀를 찼습니다. 쯧쯧, 저주밖에 할 줄 모르는 예언자가 무슨 참된 선지자야? 사람들에게 기대와 희망을 줘야지, 안 그래? 수군대는 사람들의 비난을 뒤로 하고 미카는 그 자리를 떠났습니다.

미카가 성전에서 나와 집에 가는 길이었어요. 주민 몇이 미카에게 와서 물었습니다.

"미카 예언자님, 그래서 우리가 어떻게 해야 한다는 말입니까?"

그나마 미카에게 우호적인 사람들이 미카의 말을 듣고자 기다렸던 것입니다.

"친구를 믿지 말고 벗을 신뢰하지 마라. 네 품에 안겨 잠드는 여자에게도 네 입을 조심하여라. 아들이 아버지를 경멸하고 딸이 어머니에게, 며느리가 시어머니에게 대든다. 집안 식구가 바로 원수가 된다."

미카의 말에 여기저기서 탄식이 흘러나왔습니다.

"대체 우리더러 어찌 살란 말이오?"

사람들은 미카의 무자비하고 냉정한 말에 화를 냈습니다.

"주님을 바라보고 구원을 기다리라. 모든 재앙이 지나가고 원수가 몰락하는 것을 볼 때가 오리라."

미카의 참고 기다리란 예언에 마지막 지지자들까지 미카에게서 돌아섰습니다. 이스라엘의 하느님을 못 믿어도 유분수지, 이집트 땅에서 우리를 데리고 이곳까지 끌고 오신 분이 이제와서 우릴 저버린다고? 에이, 그럴 리 없지, 미카는 미친

게 틀림없어, 사람들은 저마다 자신이 믿는 바를 얘기하며 자신들의 안락한 집으로 돌아갔습니다.

그 우두머리들은 뇌물을 받아 판결을 내리고 사제들은 값을 받아 가르치며 예언자들은 돈을 받고 점을 친다. 그러면서도 그들은 주님을 의지하여 "주님께서 우리 가운데에 계시지 않느냐? 우리에게는 재앙이 닥칠 리 없다" 하고 말한다. (미카 3, 11)

예언자의 불편한 목소리

남유다 시절 미카는 이스라엘 백성들에게 많은 경고를 했습니다. 특히 부자와 사제들, 권력자와 예언자들을 향해 백성들의 착취자라며 꾸짖었죠. 미카는 그들에게 "탐이 나면 밭도 빼앗고 집도 차지해버린다. 그들은 주인과 그 집안을, 임자와 그 재산을 유린한다"라고 매우 구체적으로 비판했어요. 그러니 미카를 좋아하는 기득권층이 당시에는 별로 없었을 것입니다.

그러면 일반 대중에겐 인기가 있었을까요? 천만에요, 미카는 백성을 억압하는 지도자만 꾸짖은 게 아닙니다. 그는 온 백성이 주님 앞에서 타락했다고 탄식했어요. 혼란기를 지나는 시기에 선지자의 소명을 다한다는 것은 이처럼 위험하고 위태로운 일입니다.

25

고뇌하는 예언자 하바쿡

•

악인을 벌하소서

하바쿡은 몹시 괴로웠습니다. 그는 하느님을 의심하는 사람이 과연 예언자로 합당한지 자신이 없었어요. 그도 그럴 것이 하바쿡은 하느님께서 자신의 기도에 제대로 응답하시지 않는다고 생각했습니다.

"주님, 당신께서 듣지 않으시는데 제가 언제까지 살려달라고 부르짖어야 합니까?"

여느 때처럼 하바쿡은 하느님께 탄원하는 기도를 드렸어요. 아무리 간절히 불러도 주님의 음성은 들리지 않았고, 하바쿡의 감정은 점점 비탄에 빠져들었죠.

"어찌하여 제게 불의를 보게 하십니까? 어찌하여 제가 재난을 바라보아야 합니까? 제 앞에는 억압과 폭력뿐, 이느니 시비요 생기느니 싸움뿐입니다. 그러니 법은 스러지고 공정은 영영 모습을 드러내지도 못합니다. 악인이 의인을 에워싸니 왜곡된 공정만 모습을 드러냅니다."

하바쿡은 피를 토하는 심정으로 기도했습니다. 하느님이 진짜 살아 계신다면, 그리고 그 하느님이 진정 이 세상을 다스리시는 분이라면, 이토록 불의한 세상을 두고 보신다는 것이 도대체 이해되지 않았어요.

"주님, 당신께서는 눈이 맑으시어 악을 보아 넘기지 못하시고 잘못을 그대로 바라보지 못하시면서 어찌하여 배신자들을 바라보고만 계시며 악인이 자기보다 의로운 이를 집어삼켜도 잠자코 계십니까?"

하바쿡은 침묵하시는 하느님이 답답했습니다. 악인을 징벌하지 않으시고 악인이 마음껏 활보하도록 내버려두는 하느님이 이해되지 않았어요.

"주님, 저는 당신의 명성을 들었습니다. 주님, 저는 당신의 업적을 두려워합니다. 저희 시대에도 그것을 되살리시고 저희 시대에도 그것을 알게 해주십시오. 노여우셔도 자비를 잊지 마십시오."

하바쿡은 여전히 응답하시지 않는 하느님을 향해 기도하고 또 기도했습니다. 자신의 기도가 하느님께 가 닿지 않는다 해도 달리 무엇을 해야 할지 몰랐어요.

그러던 어느 날, 드디어 하느님께서 하바쿡에게 응답하셨습니다.

"하바쿡아, 너는 환시를 기록하여라. 누구나 막힘없이 읽어갈 수 있도록 판에다 분명하게 써라."

하바쿡은 주님께서 보여주신 환시를 아주 똑똑히 기억했습니다.

"불행하여라, 남의 것을 긁어모으고 담보로 잡은 것을 쌓아두는 자!

불행하여라, 자기 집안을 위하여 부당한 이득을 취하고 재앙의 손길에서 벗어나려 높은 곳에 둥지를 트는 자!

불행하여라, 피로 성읍을 세우고 불의로 성을 쌓는 자!

불행하여라, 이웃들에게 술을 먹이고 취할 때까지 화를 퍼붓고는 그들의 알몸을 바라보는 자!

불행하여라, 나무에게 '깨어나십시오' 하고 말 못하는 돌에게 '일어나십시오' 하는 자!"

하바쿡은 앞으로 이스라엘에 닥칠 불행을 모두 보았습니

다. 그러나 그는 더 이상 괴로워하지 않게 되었죠. 왜냐하면 환난의 날에 휩쓸려나갈 것들은 불의와 불공정임을 알게 되었거든요.

당신께서는 당신 백성을 구원하시려고, 당신의 기름 부음 받은 이를 구원하시려고 나오셨습니다. 악인의 집 지붕을 부수시고 그 집을 주춧돌에서 천장까지 발가벗겨버리셨습니다.

(하바 3, 13)

| 모든 악인은 멸망할지니

이스라엘의 예언자라고 해서 모두 다 하느님을 가깝게 느꼈던 것은 아닙니다. 하바쿡은 자신의 기도에 바로바로 응답해주지 않으시는 하느님 때문에 불안해하고 고민합니다.

그는 악인이 활개 치며 의인 위에 군림하는 세상을 이해할 수 없었죠. 이를 인정하는 것은 하느님의 공의를 부정하는 것 같았으니까요. 그래서 힘들어했고 하느님의 존재를 회의하기도 했습니다. 불의한 세상을 그냥 놔두시는 하느님이라면, 그런 신의 존재가 인간에게 무슨 의미가 있나 싶었던 거죠.

이런 그의 고뇌에 대한 하느님의 대답은 악인이 멸망할 때가 정해져 있다는 것입니다. 이로써 하바쿡은 안심하게 됩니다. 비록 그 환난이 많은 이를 고통스럽고 두렵게 할지라도 악인을 벌하시는 주님의 존재를 확인하는 일이 될 것이기 때문입니다.

26

건축왕은 나의 운명

•

최초의 유다 총독 즈루빠벨

바빌론이 함락되었습니다. 그토록 견고해 보이던 바빌론도 새로운 강자 페르시아 앞에서 쇠퇴기를 맞이하게 된 것이죠. 페르시아는 자신들이 정복한 지역에 관용 정책을 쓰는 것으로 유명해요.

즉, 그 나라 또는 도시의 문화와 종교를 존중하여 그것을 유지할 수 있도록 지원해 주는 거죠. 그리고 인질이나 포로로 끌고 가는 대신 페르시아의 조세 정책만 제대로 이행하면 간섭하지 않았어요. 따라서 바빌론에 끌려온 유다인들은 드디어 예루살렘 고향으로 돌아갈 수 있게 되어 기뻐했습니다.

그러나 스알티엘의 아들 즈루빠벨은 망설였어요. 바빌론에서 나고 자랐기에 이곳이 고향이고 정든 정착지였죠. 즈루빠벨처럼 바빌론이 고향인 유다인 2세들은 예루살렘이 오히려 낯선 타국같이 느껴졌습니다.

페르시아 왕에 의해 유다인의 예루살렘 거주 이전이 확정된 날, 어린 시절을 기억하는 어르신들은 환희의 눈물을 흘렸어요. 몇 날 며칠을 술렁대며 유다인 거리가 기쁨으로 축제 분위기였고요. 이런 분위기 속에서 즈루빠벨은 자신의 거취를 정하지 못해 착잡했습니다.

"즈루빠벨, 당신의 이름이 이주자 명단에서 빠졌군요."

예언자 하까이가 즈루빠벨에게 다가와 말했습니다.

"아직 결정하지 못했습니다. 저와 제 가족은 바빌론이 익숙해서요."

즈루빠벨이 솔직하게 말했어요.

"만군의 주께서 당신을 유다 총독으로 선택하셨다면, 그래도 이주를 망설일 것이오?"

하까이는 신탁을 받았지만 이를 아직 선포하진 않았죠. 파장을 최소화할 시기를 보고 있었던 것입니다.

"존경하는 하까이 예언자여, 당치 않습니다. 예루살렘에는 그곳에 남아 고향을 지킨 유다인들이 살고 있습니다. 그리고

바빌론에도 유다인 제후 세스바차르가 우리의 지도자로 거론
되고 있죠. 그들이 저를 총독으로 인정할 리 만무합니다."

즈루빠벨은 동족끼리 다투고 싶지 않았어요.

"그것은 당신이 신경 쓸 일이 아니오. 우리 중 누구도 주님
의 일을 틀어지게 할 권리가 없소."

하까이의 단호한 태도에 즈루빠벨이 침묵했습니다.

예루살렘에 도착한 이주자들은 각자의 처소를 정하고 앞날
을 도모하느라 분주했습니다. 그리고 아침저녁으로 모여 과
거 성전이 있던 자리에 제단을 쌓고 주님께 번제물을 드렸어
요. 그렇게 반년도 더 흐른 어느 날, 하까이는 이제 성전 건축

을 이야기할 때라고 생각했습니다.

"유다 백성은 들어라. 주님께서 말씀하신다. 스알티엘의 아들 즈루빠벨을 주님께서 세우셨다."

하까이의 선포가 있자 그곳에 모인 사람들이 웅성거렸습니다.

"우리에겐 페르시아 왕이 예루살렘 지방관으로 임명한 제후 세스바차르가 있지 않습니까?"

사제 중 한 명이 하까이에게 물었습니다.

"주님께서 예루살렘 성전을 재건할 인물로 즈루빠벨을 지명하셨소. 나는 그분의 말씀을 전할 뿐이오."

하까이는 백성들 사이에서 존경받는 예언자였습니다. 감히 그의 말에 불만을 품기 어려웠죠. 그리고 무엇보다 중요한 사실은 성전 건축에 즈루빠벨만큼 해박한 사람이 없다는 것입니다. 즈루빠벨은 유능한 성전 건축가였으므로 이스라엘의 하느님께서 그에게 유다 민족의 미래를 짊어지게 하시겠다면 그대로 이루어질 것이었습니다.

"스알티엘의 아들, 나의 종 즈루빠벨아, 내가 너를 받아들여 너를 인장 반지처럼 만들리니 내가 너를 선택하였기 때문이다." 주님의 말씀이다. (하까 2, 23)

⭐ 성전 건축의 소명

솔로몬 왕이 지은 최초의 예루살렘 성전이 완전히 무너진 후 유다인들은 새 성전을 오랫동안 갈망해왔습니다. 그런데다 페르시아 왕 키루스는 바빌론 왕 네부카드네자르가 예루살렘 성전에서 가져간 금은보석과 온갖 기물들을 유다인들에게 전부 돌려주었어요. 그것으로 예루살렘 성전을 다시 지으라는 거였죠.

그러나 그 기물들을 넘겨받은 지방관 세스바차르는 고향으로 돌아온 지 무려 팔 개월이 가까워지는데도 선뜻 성전 재건에 착수하지 못해요. 이때 예언 자 하까야가 성전 건축을 재촉합니다. 성전 건축가 즈루빠벨을 앞세워서요. 그래서 제2의 예루살렘 성전을 즈루빠벨의 성전이라고도 부릅니다.

그리고 유다인 제후이며 공인 지방관인 세스바차르와 최초의 유다 총독 즈 루빠벨 간의 서열 관계는 성서에 나와 있지 않습니다.

27

Twenty seventh story

당신이 있어 내가 존재

·

여호차닥의 아들 예수아 대사제

예수아는 바빌론에서 돌아온 후 고민에 빠졌어요. 사제 집안에서 태어나 사제로 훈육을 받았지만, 막상 본업을 수행할 성전이 없었으니까요.

예루살렘 성전이 적의 병사들에게 약탈당하고 언약궤가 사라지는 유린을 겪을 때 사제들은 도망가기 바빴습니다. 누구도 나서서 언약궤를 지키지 않았기에 사제들이 유배지에서 돌아온 후에도 언약궤의 흔적조차 찾지 못했죠.

예수아는 그런 자신이 이제 와서 다시 사제의 이름으로 백성들 앞에 설 수 있을까, 그러기엔 너무 염치없는 게 아닐까 하는 마음에 심히 우울했습니다.

그러던 어느 날, 예수아의 칩거 소식을 접한 즈카르야가 예수아를 찾아왔습니다.

"예수아, 당신은 사제 중의 사제인데 지금 여기서 뭐 하고 계십니까? 나가서 사람들에게 성전 건축의 정당성을 설득해야 하지 않습니까?"

즈카르야는 약간 화가 난 목소리였어요.

"즈카르야 그대는 예언자니 내가 이해되지 않겠지."

예수아가 즈카르야를 보며 말했습니다.

"예수아, 내가 당신과 같은 사제임을 잊었습니까?"

그렇습니다, 즈카르야는 사제면서 동시에 예언자였죠.

"백성들이 우릴 어떻게 생각할까? 탐욕스럽고 이기적이며 비겁한 집단이라고 생각지 않을까?"

예수아는 정직하게 속내를 드러냈습니다.

"그렇게 보는 백성도 있겠죠. 하지만 그렇다고 해서 주저앉아 아무 일도 안 하면 과거의 잘못이 없어지나요? 사라진 언약궤가 스스로 나타나기라도 합니까?"

즈카르야가 답답해서 선배인 예수아에게 따지듯이 말했습니다.

"내일 아침 성전 터로 모이랍니다. 하까이 예언자의 선포가 있을 예정이에요."

스카르야는 이미 내용을 알고 있는 듯 보였어요.

"내가 짐작하는 그 내용인가?"

예수아가 슬쩍 떠봤습니다.

"성전 없는 사제는 무일푼으로 쫓겨난 고아와 같은 존재입니다."

스카르야는 이 정도 말하면 알아듣겠지 싶었습니다.

다음 날 성전 터에 모인 회중 앞에 하까이 예언자가 섰습니다. 그는 예상대로 즈루빠벨을 유다의 총독으로 세움으로써 성전 건축의 출발을 예고했어요. 하까이 예언자가 성전 재건에 얼마나 사활을 걸고 있는지 익히 알고 있던 예수아는 새로울 게 없었죠.

그런데 갑자기 하까이의 입에서 예수아의 이름이 호명됐습니다.

"유다 백성은 들어라. 주님께서 말씀하신다. 여호차닥의 아들 예수아를 대사제로 주님께서 세우셨다."

와아! 하는 함성이 사제들 사이에서 터져 나왔습니다. 예수아는 연륜으로 보나 인품으로 보나 사제 중의 사제라고 불리던 터라 아무도 이의를 제기하지 않았어요. 이어서 예언자이며 사제인 즈카르야가 예수아의 머리에 대사제를 상징하는 왕관을 씌웠습니다. 그런 후 회중을 향해 선포했습니다.

"만군의 주께서 말씀하십니다. '예수아가 나를 위한 성전을 지을 것이다.' 이제 우리는 예수아 대사제를 도와 하느님의 말씀을 이루어야 할 것입니다."

즈카르야가 회중에게 말한 뒤 예수아에게 고개를 돌려 살짝 미소를 지어 보였습니다. 대사제 예수아도 즈카르야를 보며 미소로 화답했어요.

너는 은과 금을 받아 왕관을 만들어 여호차닥의 아들 예수아 대사제의 머리에 씌우고 그에게 말하여라. "만군의 주님이 이렇게 말한다. 이 사람을 보아라. 그의 이름은 '새싹'이니 그가 제자리에서 돋아 나와 주님의 성전을 지으리라." (즈카 6, 11-12)

언약궤는 어디로 갔을까?

성전은 사제의 일터이며 정체성의 공간이고 존재 이유입니다. 따라서 예루살렘 성전의 재건을 그 누구보다 바랐을 사람들이 사제였을 거란 추론은 지극히 당연한 상상이죠. 그러나 하느님의 언약궤를 잃어버린 사실이 알려지면 유다 백성들이 어떻게 생각할까요? 맙소사! 새로 성전을 지어도 지성소에 보관할 언약궤가 없다니! 하면서 매우 당황스러워했을 것입니다.

모세에게 내린 십계명의 돌판을 보관하는 나무상자인 언약궤는 금으로 도금이 되어 있다고 합니다. 이 언약궤는 엄청나게 귀한 기물이라 대제사장 혼자만 일 년에 한 번 속죄일인 욤 키푸르 때 지성소에 들어가 볼 수 있었던 것입니다. 그런데 현재까지도 언약궤의 행방을 정확히 알지 못해요. 아마도 예루살렘 성전 약탈 중에 부서지지 않았을까 짐작만 하는 정도죠.

28

왜 나만 힘든 거 같지?

·

어느 예루살렘 주민

오늘도 옛 성전 터에 사람들이 모여 갑론을박 다투기도 하고, 그러다가 어느 순간 와아! 하는 탄성이 터지기도 하면서 시끌시끌 북적입니다. 이 예루살렘 주민도 그들 무리에 끼어 볼까 했지만 아는 사람도 없고 나누는 얘기도 낯설어서 관둡니다. 그리고 무엇보다도 일하느라 여유가 없었고요.

하루하루 품삯으로 사는 삶이 녹녹지 않은데다 아이들이 점점 커가고 있어서 들어가는 돈도 만만치 않았어요. 이 예루살렘 주민도 따지고 파보면 조상님의 조상은 열두지파의 수장과 어떻게든 얽혀 있겠죠. 그러나 이제 와서 그게 무슨 소용일까요, 그는 자신의 아이들만큼은 본인의 이름으로 측량

된 땅에서 농사짓기를 바라는 마음, 그거 하나를 목표로 매일 매일 일할 뿐이었어요.

그런데 어느 날부터인가 바빌론으로 끌려갔던 유다인과 그들의 자손이 대거 귀환하면서 예루살렘이 시끄러워지기 시작했어요. 한쪽에선 하느님의 집인 성전 재건이 먼저다 하고, 한쪽에선 하느님의 백성을 지킬 성벽 완성이 먼저다 하고 싸우는 모양이에요.

그는 이 싸움에 별로 관심이 없었습니다. 어느 쪽이든 둘 다 '하느님'을 위하는 일이라면 무얼 먼저 하든 상관없지 않나 하는 생각이었죠. 게다가 과거 예루살렘의 영광을 자꾸 말하는데, 그가 태어났을 때부터 이곳은 강대국의 속지였고, 변변한 자원도 유명한 농작물도 없는 산악지대일 뿐이었어요. 지형이 험하고 기후도 좋지 않아 이곳에서 풍요롭게 산다는 건 꿈도 꿔보지 못했죠.

그래서 그는 오히려 잘 먹고 잘사는 부국인 바빌론으로 끌려간 사람들이 부럽기도 했어요. 돌아가신 아버지 말씀에 따르면 똑똑한 사람들이 유배자가 되었다고 해요. 그들을 예루살렘에 남겨두면 반란을 일으킬 수도 있으니까요.

그래서인지 그들은 고향으로 돌아오자마자 하루가 멀다 않고 연일 꿍꿍이들이에요. 똑똑한 사람들은 달라도 뭔가 다르긴 하네요.

"주여, 오늘도 우리 가족 아프지 않게 건강을 지켜주세요."

그는 습관처럼 아침이면 이런 기도를 했어요. 물론 누구든 아프면 당연히 안 되겠죠. 그러나 그가 진짜 두려운 것은 빠듯한 생활 중에 아내나 자식이 아프기라도 하면 제대로 치료할 여력이 없기 때문이에요.

오늘따라 예언자들의 격렬한 경고로 예루살렘이 더욱 시끄럽습니다. 그는 이런 요란한 소동이 싫었어요. 자신하고 관련도 없는데다 예언에서 벌하겠다고 하는 사람들은 과거나 지금이나 떵떵거리며 잘 먹고 잘살고 있거든요.

"아휴~ 주님, 나쁜 놈들 벌하실 거면 인내하지 마시고 그냥 벌하세요. 그들 때문에 힘든 건 당신만이 아닙니다. 우리 같은 무지렁이 백성도 그들의 탐욕 때문에 괴롭다고요."

하루 품삯꾼인 그는 오늘 배정받은 일터로 가는 길에 이런저런 얘기를 주워들었습니다. 그는 악인들에 대한 응징을 약속하는 예언의 말씀을 들을 때마다 속으로, 주님 참지 마세요, 주님 바로 지금이에요! 이렇게 되뇌곤 했습니다.

"나는 심판하러 너희에게 다가가리라. 나는 주술사와 간음하는 자, 거짓 맹세하는 자, 품팔이꾼의 품삯을 떼어먹고 과부와 고아를 억압하는 자, 이방인을 밀쳐내는 자, 나를 경외하지 않는 자들을 거슬러 곧바로 증인이 되리라." 만군의 주님께서 말씀하신다. (말라 3, 5)

| '백성'이라는 이름의 주인공

성서에는 '이스라엘 백성'이란 일련의 무리가 빈번하게 등장합니다. '백성'이란 추상적인 개념에 묶인 그들은 익명성 속에서 어떨 땐 피해자로 어떨 땐 가해자로 명명되죠. 어떨 땐 악인과 악인을 추종하는 군중으로 분류되고, 어떨 땐 악인에게 억압받고 고통받는 민중으로 구분되기 때문입니다.

그래서 백성은 우매하고 어리석기도 하고, 때때로 비굴하고 교활하기도 하며, 대체적으로는 가엾고 긍휼하기도 한 존재로 표현됩니다.

그러나 이런 추상적인 익명성을 벗어던지면 저마다 사연 있고 할 말 많은 구체적인 개인이 드러나죠. 그러니까 한 묶음으로 설명할 수 없는 낱낱의 목소리들이 사건 속에 숨어 있는 것입니다. 시대적 격변기마다 속절없이 강자에게 흔들릴 수밖에 없고, 불안한 혼란기마다 그 피해를 고스란히 온몸으로 맞는 존재, 그런 존재가 바로 백성이 아닐까 합니다.

29

이번 생이 처음이라

•

하느님의 첫 사람 아담

에덴동산에서 쫓겨나온 뒤 아담은 날마다 고된 노동에 시달렸어요. 먹고살기 위해 일할 필요가 없었던 에덴 시절이 얼마나 호시절이었는지 그때는 아무것도 몰랐죠.

"하느님, 왜 저를 만드셔서 이렇게 고생시키시는 건가요?"

아담은 하루에도 몇 번씩 하늘에 대고 불만을 토로했어요. 하지만 하느님과의 직접 소통이 오래전에 끊긴 터라 하느님께 응답을 받을 순 없었죠.

"아담, 집에 왔으면 셋하고 좀 놀아줘요."

하와는 저녁 식사를 준비하느라 분주한데 아들 셋이 자꾸 매달려서 어찌할 바를 몰랐습니다. 카인과 아벨은 둘이어서 그랬는지 자기들끼리 잘 놀았는데 셋은 종일 하와에게서 떨어지질 않았어요.

"아담 당신은 셋의 아빠예요. 아이를 엄마 혼자 키울 수는 없다고요."

하와는 자신의 목을 감고 있는 셋을 떼어내 아담의 품에 안겼습니다. 저녁 식사도 해야 하고 집안 정리도 해야 하고 빨래도 걷어야 하고…. 해는 곧 지려는데 해야 할 일이 산더미처럼 쌓여 있었어요.

"하와, 간단히 먹고 일찍 잤으면 좋겠어."

아담은 셋을 안은 채 말했습니다. 몹시 피곤했거든요. 씨앗을 뿌리는 날부터 열매를 거두는 날까지 농사일은 잠시도 쉴 틈이 없었어요. 잠시만 틈을 보여도 말라 죽거나 벌레를 먹거나 하는 통에 죽을 지경이었죠.

최근엔 부쩍 날도 가물어 모래바람이 몰아치기라도 하면 일일이 쓰러진 농작물을 일으켜 세워야 했습니다. 게다가 다음 주에도 비가 오지 않으면 무언가 다른 대책이 필요한 시점이었죠.

"우리 아가 셋아, 졸리지 않니? 네가 빨리 잠들어야 아빠가 편할 텐데."

아담은 칭얼대는 셋을 보며 자신의 속마음을 자장가처럼 읊조렸죠.

"아까 낮에 낮잠 자서 오늘 밤은 쉽게 잠들지 않을 거예요."

하와가 아담의 기대를 깨뜨리는 말을 합니다. 순간 아담은 울컥했으나 그냥 참고 넘어갑니다. 아담은 하와가 셋을 낳고 이만큼 기운을 차린 것도 천만다행이라 생각했어요. 아벨이 죽은 후, 그것도 카인에 의해 살해당한 후 하와는 상실감이 너무 커서 삶을 포기한 듯 보였어요.

아담은 하와가 때로는 철이 없고 자주 엉뚱해도, 그래도 그런 점이 그녀의 매력이라 좋았습니다. 아담의 눈에는 하와가 마냥 아이 같아서, 하느님께서 처음 자신의 짝으로 하와를 만드셨을 때 그녀가 마냥 앳되고 순수해서, 그녀가 원하는 것이면 뭐든 해주고 싶었습니다.

그런데 지금은 삶이 고되어 아담의 마음이 자꾸 변덕을 부립니다. 그러나 그럴 때면 아담은 그날을 생각하곤 하죠. 하와가 이 세상에 처음 나타난 날, 그래서 자신의 이름을 불러주던 날, 그날을 잊지 않으려고 합니다. 그래도 하느님을 원망하는 마음을 지울 수가 없었어요.

"하느님, 왜 저를 미워하세요? 저도 하와도 당신이 손수 만드셨잖아요? 제가 여자를 먼저 원했던 것도 아니잖아요?"

아담은 자신을 이렇게 깊이 벌하시는 하느님이 이해되지 않았어요. 하와를 내 몸처럼 아끼라고 하실 땐 언제고, 그런 하와가 시키는 대로 같이 선악과 좀 먹었다고 해서 우리를 이처럼 고통 속에 던지시다니, 이렇게 대우하실 바엔 왜 인간을 만드셨나요?

아담은 사는 게 힘들 때마다 하느님께 이런 원망을 하곤 했습니다.

어머니 배 속에서 나오는 날부터 만물의 어머니에게 돌아가는 날까지 모든 사람에게 몹시 힘든 일이 맡겨졌고 무거운 멍에가 아담의 아들들에게 지워졌다. (집회 40, 1)

분노와 질투와 고난과 불안, 죽음에 대한 두려움과 격노와 분쟁에 싸여 있다. 자리에 누워 쉬는 시간에도 한밤의 잠이 그의 의식을 혼란케 한다. 쉬면서도 거의 또는 전혀 쉬는 것 같지 않고 자면서도 낮에 일하는 것 같으며 제 마음의 허깨비에 쫓겨 싸움터에서 도망쳐 나온 자와 같다. (집회 40, 5-6)

| 하느님의 첫사랑

아담은 하느님의 첫 사람입니다. 따라서 하느님의 첫사랑이라고 불러도 과하지 않을 거예요. 익숙한 경험으로 생기는 관성에는 가슴을 두근거리게 하는 설렘이 없죠. 그러니 아담을 완성하신 하느님은 아담이 얼마나 보시기에 좋으셨을까요?

그러나 아담과 하느님의 관계는 우리가 다 알다시피 해피엔딩이 아닙니다. 흔히들 첫사랑은 깨진다고 하죠? 하느님의 첫사랑은 그렇게 무참히 끝나고 말아요. 하느님께서 아담에게 느끼신 상실감이 어찌나 크셨던지 두 번 다시 에덴으로 아담을 부르지 않으시죠.

그렇지만 하느님은 인간에 대한 미련을 버리지 못하세요. 그래서 쥐었다 놓았다 인간들과 밀당하시며 끝까지 인간을 포기하지 못하십니다. 그리고 우리 인간은 첫 사람 아담으로부터 그다지 멀리 가진 못한 것 같습니다.

30

혼자서 뜰을 거니시는 하느님

·

짝사랑 전문가

에녹은 담백하고 조용한 사람이죠. 또한 잘못을 지적받으면 그때그때 회개하는 모습을 보여 하느님의 마음에 들었어요. 그래서 하느님은 에녹을 자신의 집으로 들어 올리셨습니다. 에녹과 함께 이 얘기 저 얘기 나누며 함께 지내고 싶으셨거든요.

"에녹아, 너는 인간에 대해 어찌 생각하느냐?"

하느님은 지상의 인간들이 참 신기했어요. 자신이 손수 창조한 인간들마저 때때로 이해되지 않을 때가 많았죠.

"주님, 주께서 하시는 일을 감히 제가 알겠습니까?"

에녹은 참 겸손한 사람입니다.

"나는 그냥 네 생각을 물었다. 인간은 참 알다가도 모르겠어."

하느님은 에녹의 솔직한 생각을 듣고 싶으셨던 거예요.

"주님, 주께서 모르시는 일을 감히 제가 알겠습니까?"

에녹은 참 신중한 사람입니다.

"다른 인간들은 내게 매일같이 자기 얘기를 들어달라고 졸라대는데, 너는 내가 너의 생각을 직접 물어도 말하지 않는구나."

하느님은 에녹의 그런 점이 좋아서 곁에 두고 계시지만, 이럴 때면 에녹이 답답하기도 하고 에녹에게 서운한 마음도 드셨어요. 인간은 참 다양하기도 하지, 하느님은 에녹을 존중하셔서 그에게 더 이상 묻지 않으셨죠.

대신 에녹이 좋아하는 일을 시키셨어요. 하느님의 집을 관리하는 데도 일꾼이 필요하거든요. 에녹의 성실함을 아껴서 그를 총애했던 것이니 그가 자신의 곁에서도 맘껏 성실할 수도 있도록 배려해주는 것이 에녹을 위하는 일이라고 여기셨죠.

하느님은 에녹과 자신의 집에서 이런저런 담소를 나누고 싶었던 계획을 변경하시고, 여느 때처럼 혼자서 뜰을 거니시며 생각에 잠기셨어요. 인간 세상은 도저히 손을 댈 수 없을 만큼 엉망진창이야, 그렇다고 내가 선택한 인간들이 더 나은 것도 아니지, 대체 어떻게 해야 인간들을 돌이킬 수 있을까?

이때 하느님께 반짝 떠오르는 인물이 있었어요. 엘리야! 그를 불러야겠어, 하느님은 불마차를 보내 그를 하늘로 들어 올리셨죠.

엘리야는 열정적이고 충직한 사람입니다. 그는 하느님께서 하나를 물으시면 열 마디 백 마디를 고했어요.

"엘리야, 엘리야야, 네 말은 충분히 이해했다. 허나 네 말대로 하면 세상에 인간의 씨가 남아나겠느냐?"

하느님은 엘리야가 말끝마다 다 쓸어버려야 합니다, 이 말을 연발하니 더 이상 인간과 관련해 의논하기가 어려웠습니다.

"주여, 인간에게 속지 마십시오. 앞에서 웃다가도 당장 뒤돌아 언제 그랬냐는 듯 배신하는 족속입니다. 어제의 친구가 오늘은 원수가 되고, 과거의 동지가 현재는 적이 되는 무도하기 이를 데 없는 종족입니다. 은혜를 입고도 갚을 줄 모르며 모욕과 수치도 느낄 줄 모르는 짐승과 진배없는 생명입니다. 그러니 인간들을 치실 때 동정하지 마십시오.

파렴치한 악인을 연민하심은 세상을 죄악으로 물들게 하는 것이며, 비굴한 소인배를 봐주심은 세상을 교활함으로 넘쳐나게 하는 것입니다. 부디 진노하실 때 더디 마시고 벌하실 때 망설이지 마십시오. 어차피 썩을 열매는 싹부터 다 쓸어버려야 합니다."

엘리야는 큰 덩치에 어울리지 않게 하느님께 고개를 조아리며 간곡하게 아룁니다.

"엘리야, 엘리야야, 네 충정을 내가 모르겠느냐? 나 역시 그대와 같은 생각으로 물로도 쓸어보고 불로도 쓸어봤다. 허나 그렇게 했건만 인간은 지금도 여전히 타락하지 않았느냐?"

하느님은 그 점이 참 속상했습니다.

"주여, 그것은 주님께서 모질지 못하셔서 그렇습니다. 심판에 대한 예고는 짧고 심판의 고통은 길어야 인간들이 주님을 두려워합니다. 그런데 주님께선 모질지 못하셔서 자꾸 조건을 달아 벌을 감하시니 인간들이 주님을 조롱합니다. 자기들끼리 시시덕거리며, 이스라엘의 하느님은 별거 아니야, 뒷말을 일삼으며 우습게 여깁니다.

주님께서 모질지 못하셔서 하느님의 백성을 업신여기고, 그 하느님의 백성들조차 주님을 알기를 하찮게 여겨 자기네 집 뒷마당의 떡갈나무 취급합니다. 부디 내편 네편 가리지 마시고 주님의 뜻에 거스르는 자들은 한꺼번에 싹 다 쓸어버려야 합니다."

엘리야는 변함없는 충심으로 하느님께 온 힘을 다해 고했습니다.

"엘리야 너도 참 일관된 인간이구나!"

하느님은 엘리야의 그런 점이 좋아서 하늘로 불러들이셨지만, 이럴 때마다 엘리야의 고집 센 태도에 피곤함을 느끼셨어요. 인간은 참 '적당히'를 모른단 말이야, 그래서 재밌는 존재긴 하지, 이후 하느님은 엘리야와 다시 의논하지 않으셨어요.

대신 엘리야가 지상부터 정성을 다해 돌보고 있는 애제자 엘리사를 전적으로 맡기셨습니다. 마침 엘리사의 자유분방한 행보로 엘리야가 애를 먹고 있었거든요. 너도 쉽지 않지? 어떻게 매번 다 쓸어버릴까, 하느님은 엘리야가 엘리사를 보면서 무슨 생각이 들지 궁금했어요.

하느님은 오늘도 혼자서 자신의 뜰을 거닐고 계십니다. 에녹은 하느님의 집을 관리하느라 바쁘고, 엘리야는 애제자 엘리사가 돌발적인 행동을 할 때마다 분통을 터뜨리느라 여념이 없었죠.

내가 왜 나의 사람들을 만들었을까? 나는 진정 인간과 무엇을 하고 싶었던 걸까? 하느님은 깊은 생각에 잠기셨어요. 안

식일을 만들어 쉬게 해줘도 그 안식일마저 강제 의무로 만들어버리는, 그야말로 쉬지 않고 사고 치며 사건을 만드는 인간들을 보면서 하느님은 가장 근원적인 고뇌에 빠지셨습니다.

나는 왜 인간을 버리지 못하는가, 나는 왜 아직도 인간들을 사랑하는가?

이 땅 위에 창조된 자로서 에녹과 비슷한 사람은 없었다. 그는 지상에서 들어 올려졌다. (집회 49, 14)

엘리야는 율법에 대한 불타는 열성 덕분에 하늘로 들려 올라갔다. (1마카 2, 58)

하느님은 왜 인간을 사랑하실까?

구약에서 드러나는 하느님은 인간에 대한 사랑으로 기뻐하시고 진노하시고 상심하십니다. 그래서 성질 급한 신자라면, 아담부터 유전자가 불량이야, 사람은 고쳐 쓰는 거 아닌데 차라리 한 명도 남기지 말고 싹 다 쓸어버린 뒤 새 판을 짜시지, 그런 생각을 할 수도 있습니다.

또는 사색적인 신자라면, 우리의 어디가 하느님을 닮았다는 건지, 그렇다면 하느님도 인간처럼 결점이 많으신 존재인가, 하는 마음에 괴로워질 수도 있고요. 어쩌면 그래서 우리가 인간일 것입니다.

글·그림

방영미

가톨릭대 대학원 종교학과에서 "요한묵시록 13장의 짐승에 관한 연구"로 석사학위를, "요한묵시록에 나타난 여성 이미지 연구"로 박사학위를 받았다. 현재 한국가톨릭문화연구원 연구위원, 『가톨릭 평론』 편집위원으로 활동 중이다.

지은 책으로 『종교 없이 신앙인으로 살기』(북랩), 『오 마이 갓 오 마이 로드』(파람북), 『팬데믹과 한국 가톨릭교회』(공저, 기쁜소식), 『이 시대에 다시 만난 여성 신비가들 II』(공저, 동연) 등이 있다.

이전에 동국대 국문과 대학원(석사)을 졸업하고 논술 강사로 일하면서 2010년 『월간문학』을 통해 동화작가로 등단했다. 당시 강영원이라는 강사명으로 다수의 수험서와 논술교재를 집필했다. 더 이전에는 덕성여대 사회학과를 다니면서 『캠퍼스 에세이』(공저, 책마을)를 출간했고, 졸업 후에는 동인 시집 『오래된 미신』(삶이 보이는 창)을 출간한 바 있다.